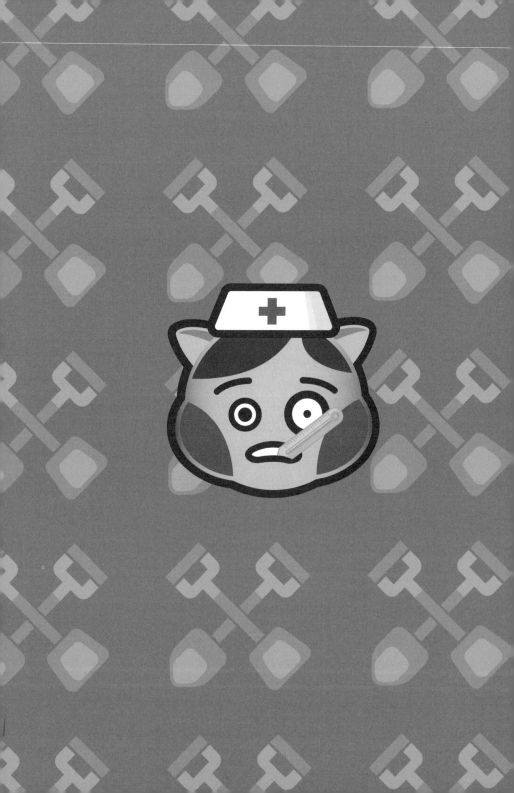

推薦序

　　諗返轉頭，原來自己對上一次行入診所已經係十幾年前嘅事，真係算得上係一個幸運兒。喺我印象當中，診所從來都係一個令人唞唔到氣嘅地方──姑娘冷冰冰嘅語調、醫生機械一樣嘅診症模式，仲有此起彼落嘅喊聲、咳聲同埋電話聲⋯⋯

　　如果由我去寫一篇關於診所嘅故事，大概會以上面嘅描述做基礎。講一間診所表面正常，實際上醫生同一眾姑娘都係殺人狂魔，正計劃緊一個驚天大陰謀，第一步就係將所有行入診所嘅病人洗腦⋯⋯

　　咳咳！講返正題（唔係就會手痕寫晒成篇故事出嚟）。《診所低能奇觀》徹底改變咗我對診所嗰種根深蒂固嘅想法。寶豬姑娘以自身嘅經歷話畀我知，其實診所可以係一個有笑有愛有溫情嘅地方。

　　其實唔單只診所，即使係苦悶嘅現實生活，只要換個觀點角度去睇，都總可以搵到有趣嘅地方。樂觀，正正就係我哋生活上嘅必備良藥。

有心無默

推薦序

　　記得第一次睇珍寶豬，喺年幾前某一日搭巴士碌 Facebook 見到有人些牙，當堂笑到 Gap Gap 聲；再撤入佢個 Page 睇，篇篇都鑊鑊新鮮鑊鑊甘，有時會諗：堅唔堅呀？再諗返自己都係做服務業，一日對百幾個客，總有一個低能喺左近。記得嗰陣仲周圍問人，甚至問埋啲醫生護士朋友：有冇睇過呢個 Page 呀？笑屎人喇……

　　一年前第一次踏足點子，先驚覺原來偶像珍寶豬都係點子嘅作者，即刻既緊張又興奮；到底珍寶豬嘅真人係一個點樣嘅人？係咪同佢對住病人時嘅內心 OS 一樣，係一個暗黑系嘅低能診所姑娘呢？到咗佢去日本旅行買咗枝比卡超原子筆畀我做手信，我諗佢應該都係一個內心溫柔嘅白衣天使啩？（唔係可以話返畀我知，Thanks）同埋，日日對住咁多低能病人，EQ 一定十分高！

　　嚟到第四本，內心吶喊：好犀利啊！有一份正職喺身都仲可以咁多產，真係一件唔容易嘅事！有時返工去到外地，都會拎住本書解解悶！多謝珍寶豬，帶咗咁多歡樂畀 19 萬 Fans ～實撐你㗎～啜卜～～～～

空中飛傭 傭仔

序

唔經唔覺，又嚟到第四集。序可以參考返一至三集嗎？因為第四集仍然係「記錄」我喺診所遇到嘅奇人奇事，仍然有你哋喜愛嘅被折磨情節……我都係繼續喺度自我反省究竟我係咪入錯行，先會成日遇到咁嘅怪事。

而家我已經被標籤為「磁能線攝石」或「怪人磁石」，不過我重申！大部分應診嘅病人都係正常嘅，只係我講親嘅都係比較偏離軌道，你哋先會覺得我好似分分秒秒都被挑機咁啫。

如果你覺得你係故事其中一人，請你保持冷靜，文中絕對冇透露你嘅身分，只要你唔衝出嚟大嗌：「係我嚟㗎喂！」咁…其實你嘅身分真係唔會有人知。如有雷同實屬巧合，千祈唔好衝出嚟柒。多謝合作。

序呢家嘢，都係睇返其他人幫我寫嗰啲啦～佢哋應該會寫得有趣好多，事不宜遲，唔好阻住我食熱浪。

射射！

珍寶豬

診所低能奇觀 4
FUNNY + CLINIC

case	#1-30

CONTENTS

診所低能奇觀 4
FUNNY + CLINIC

CONTENTS

#1-30

診所低能奇觀 4

FUNNY ➕ CLINIC

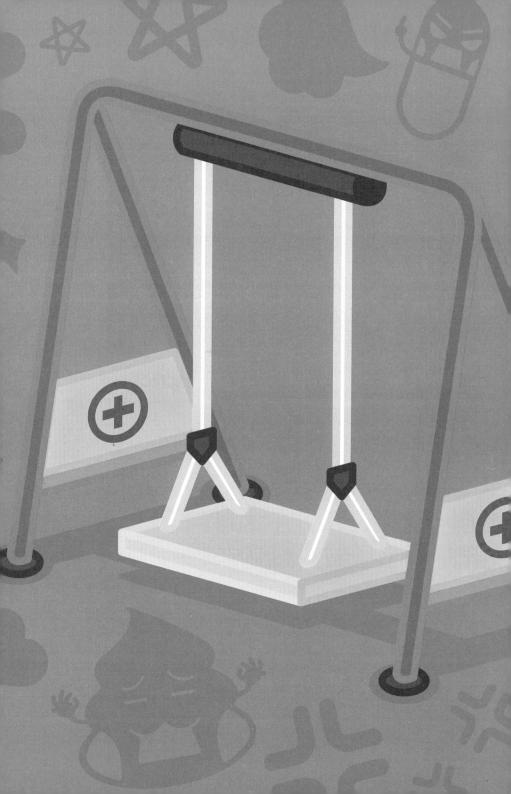

case	symptom	皺
#1	remark	

一位叔叔嚟到睇完醫生，順順利利出埋藥～

找錢畀佢後，佢雙手唔願意掂啲錢：乜啲錢咁皺呀？

我望一望，都唔係刻意揸皺嗰啲呀，只係有正常使用痕跡……

我：啊？咁我睇下有冇啲靚仔啲呀～

我拎啲個樣較四正嘅出嚟：呢幾張有冇好啲？

叔叔好唔滿意：仲皺過你喎……

你講乜話？關我乜事呀？我好皺咩？你做咩偷睇我籮柚！

我：咁…你要唔要呀？

你唔要嘅，我拎晒去買熱浪～

佢好唔願意袋起：都冇得我揀㗎啦……

之後叔叔心有不甘咁離開診所～

你唔想要嘅話，我真係唔介意幫你袋起佢～ I am so nice ～！👍 3.3K

張銀紙皺過你唔！

你又知嘅！

---

comments

Phy Chan
你回返佢，如果張銀紙皺過你個春袋，
我同你用燙斗燙返直佢先畀你。

珍寶豬
我怕佢 Show me his spring bag……

case	symptom	爭櫈仔
#2	remark	

有日，診所爆晒人～有個媽媽帶住個小朋友嚟到登記睇醫生，登記後媽媽望住一排排已經坐滿人嘅櫈……

佢眉心一皺同個小朋友講：你呀！坐地下啦！冇位畀你坐呀！

小朋友望住媽媽冇出聲，繼續玩自己手上架車仔。

媽媽：你睇下你呀，學咩人病呀？病得你咁衰嘅！唔多人病嗰時你唔病嘅？多人到位都冇個喇！你死咗去啦！

冇位坐啫，唔使死嘛？平時返工搭車大把人間間地企個幾鐘啦，唔通又集體爆炸喇喎？

小朋友繼續睬佢娘親都多嚿魚。

媽媽繼續講：見到你就覺得乞人憎呀，你個樣衰到位都冇呀！

一位姨姨企起身：小朋友係咪要坐呀？過嚟呢度吖，我畀你坐啦～

媽媽成碌火箭炮咁衝埋去坐低：佢唔坐㗎喇，我坐得啦！

姨姨個嘴O晒：我畀個細路坐㗎喎……

媽媽：我係佢老母，係咪唔畀坐呀？個位寫咗你名呀？

小學雞得你吖～要唔要拎埋紅筆寫絕交信呀？哎，冇紅筆喺，你

自己滴血寫啦～姨姨雖然心有不甘，但都知潑婦是傻 Hi，Just to say goodbye ～唯有行開費事理佢～

媽媽成功霸到位，滿臉笑容，大大聲向坐喺登記處嘅我問：喂！仲有幾多個先到我呀？

我用正常聲線講：9 個。

媽媽：大聲啲啦你！！！

我好愛惜我嘅喉嚨：9 個。

媽媽：你聾㗎？我嗌你大聲啲呀，第幾個呀我？

99999999999999999999999999999，我係愈講愈細聲呀，吹呀？

媽媽忍唔住邊行埋嚟邊屌：你係咪弱智㗎？仲有幾多個呀？

我：9 呀～

媽媽回頭一望，姨姨坐返埋位。

媽媽：你做咩坐咗我個位呀？

姨姨冇出聲，望都費事望。媽媽望住我……

做咩啫，個位有寫你名㗎？去滴血寫絕交信啦你～ 4.3K

case	symptom	朋友
#3	remark	

✎ 電話響起～

我：早晨，乜乜診所。

對方好爽朗醒神：喂呀，係我呀～

Who are you？猜猜我是誰？

我爭啲心直口快問佢邊L個：你係……？

佢玻璃心碎掉了：吓？我哋好熟㗎喎？

係？居然？竟然？有幾熟呀？

我：我好似唔識你……

佢：我喎！乜乜乜喎！

我：你係咪打錯電話呀？呢度診所嚟……

佢：我係打畀你呀，你幫我登記先吖～

我：冇電話預約，請你嚟到診所先登記呀～

佢：吓？你要我專登過嚟呀？識㗎喎……

我：你唔過嚟，點睇醫生呀？

佢：吓？

吓？吓？你明唔明我講乜呀？你係咪未 Load 到發生乜事呀？

我：你都要過嚟先睇到醫生㗎嘛～

佢：我…冇諗住專登嚟呀！

我：咁你點睇醫生呢？

佢：冇諗住睇……

嘟……

係咪未瞓醒呀朋友？打嚟做乜9呀…… 4K

────── comments ──────

Denis Fok
我只係想聽下你把聲 <3

Jenny Lo
應該畀大家姐聽，相信佢哋都會好開心！XD

case	symptom	斬件睇醫生
#4	remark	

一位叔叔打嚟：喂？

我：你好，乜乜診所。

佢：你哋睇唔睇鼻塞㗎？

我：睇呀，可以嚟見醫生呀～

佢：塞咗好耐都睇得㗎可？

我：嚟畀醫生睇咗先，了解咗你嘅情況先啦。

佢：我其實聞到味㗎，不過係久唔久先得。

我是播放機：嚟畀醫生睇咗先，了解咗你嘅情況先啦。

佢：有時會聞到自己啲屁味㗎，嗰陣味九里遠都聞到呀！

…你喜歡食屁之餘，仲要咁好動追個屁九里遠，有這喜好也不用告訴我吧？

我：哎…你不如嚟睇醫生先啦。

佢：會唔會係我腸胃有問題呢？

我求你：你嚟啦……

佢：會唔會有大腸桿菌呀？大腸癌嗰類呀？

我求求你：你嚟見醫生啦，我真係答唔到你呢～

佢：咁醫生要睇我個鼻定睇我下面先？我帶邊樣嚟先？

我哋要上肢解堂嗎…我可以走先嗎……

我：成個，係成個人嚟，你唔好分割自己……

佢：哦，好啦。

最後，叔叔有嚟…係完整咁嚟，好聽話呀～畀個讚你！ 👍 6.2K

成個人！

我帶邊樣嚟？

comments

case	symptom	煙 味 難 頂
#5	remark	

有日，有位好「索」嘅後生仔嚟到診所登記～

佢嘅「索」係煙味…佢每開一下口，嗰股煙味都帶有強烈後勁，就算佢唔開口講嘢，都會有味滲出嚟…唔知點解，佢有鋪捐窿癮……

我已經稍微向後挨：先生，你其實唔使貼咁埋嘅，你可以唔使伸個頭入嚟……

佢冇理到我：喂，姑娘，有冇啲新雜誌畀我睇下呀？

我：啲雜誌我哋擺晒出嚟㗎喇。

佢懶風趣：今時今日咁嘅服務態度係唔得㗎～

我閉氣：……

佢：搵啲嘢講下呀，唔好冇反應先得㗎。

我：我要做嘢㗎～

佢繼續伸個頭埋嚟：唔好啦，傾下計呀～

我：（咳，咳，咳……）

我頂唔順咳了。

佢立即彈開：哇唏！你有菌㗎？

將錯就錯吧！

我：係呀，我都病咗好耐！

佢：你走遠啲啦！

我：我個位喺度就定死咗，你可以行遠啲嘅⋯⋯

佢退無可退：哇屌，會唔會惹埋嚟㗎？我唔係真係病㗎喎！

走到去天涯海角咪冇事囉～ 3.4K

comments

Jimmy Wong
窗口度裝個狗頭閘。

Ehan Ngan
劍術最高境界係人劍合一；煙鏟最高境界係人煙合一。基本上佢已經係一支煙嚟，就算唔係食緊煙嘅時候，佢頭頂都係出緊煙。

case	symptom	吃得苦中苦
#6	remark	

電話響起～

我：你好，乜乜診所～

佢：係咪我前日睇嗰間診所呀？

我：你記唔記得前日睇嘅醫生叫乜名呀？

佢：好似姓 X！

我：嗯，係呀，咁你前日應該係睇我哋醫生，有乜幫到你呢？

佢：我有啲關於藥嘅問題想問醫生㗎！

我：呢個電話得我聽㗎咋～你要搵醫生嘅，要嚟見佢呀～

佢：咁姑娘你答唔答到我？

我最鍾意答問題㗎喇！放馬過嚟啦！

我：你想問乜呢？

佢：點解你哋啲藥特別苦嘅呢？

我：…吓？

佢：苦到入唔到口㗎喎？

我：先生，你畀一畀你覆診卡號碼我。

佢畀完 Number 之後，我睇返排版…冇咳水呀～應該全部直接吞

喺…除咗有包喉糖係要嗒…唔通……

我：我想請問你係覺得邊隻苦呀？喉糖？

佢：我冇逐粒食，點知邊隻苦呀？逐粒食，「妹」到幾時呀？

你又講得好有道理，不過點解好似有啲怪咁嘅…你「妹」乜呀？

我：啲藥吞㗎喎？

佢大感震驚：姑娘又話當糖嗒嘅！你係咪嗰個姑娘呀？

我：佢係話喉糖嗰包當糖嗒…唔係全部一齊嗒……

佢好大聲：我屌！

嘟～（被 Cut 線了）

吃得苦中苦，方為人上人呀！你係咪食晒啲藥喇？個「屌」字真係聽得出你有幾唏噓呀陰公～ 👍 6.3K

我屌呢兩個字道盡唏噓 # 我屌當中係包含多少次不必要嘅苦 # 估唔到金融才俊唔係得個殼 # 平時仲鍾意練苦功 # 抵你賺啦 # 今鋪都捱過 # 冚世界都係你

case #7	symptom	抬起你的頭來
	remark	

有日，一個太太拎住醫療卡嚟到登記睇醫生。

醫生：今日有啲咩唔舒服呀？

太太：我想嚟攞啲藥㗎～

醫生：攞啲咩藥呀？

太太：我起唔到頭呀。

醫生：條頸痛？郁唔到？點痛法呀？

太太：哎，唔係我呀，我先生呀。

代夫出征呀？

醫生：今日唔係你嚟睇？

太太：我幫我先生攞藥得唔得呀？

醫生：你用嘅係公司醫療卡喎？

太太：冇問題㗎。

醫生：問題係而家應該係你睇你嘅病，而唔係睇你先生嘅病。

太太：你照開得㗎喇，你可以寫醫感冒㗎嘛，冇人嗌你咁老實㗎！

醫生係唔會為咗佢老婆以外嘅女人講大話㗎！你收埋你啲皮啦～

醫生：唔可以咁㗎喎。

太太：你開住一劑畀我先啦，張單你鍾意寫幾多錢都得㗎，我應該有額外藥物錢可以拎㗎！

對唔住，你張卡很廢，冇額外藥的。

太太：你開畀我啦，我先生起唔到頭，我都冇覺好瞓。

咪住先！起唔到頭點解冇覺好瞓嘅，唔係應該雙雙瞓到死豬咁先啱咩？

醫生：藥唔係就咁開嘅，點都要見到病人了解咗先，你可以叫你先生過嚟嘅。

太太：你好黑心呀！唔開藥畀我就係想借啲意當面奚落我先生！你仲想睇住佢起唔到頭！

醫生好無奈冇出聲。

太太：我求你又唔肯，畀錢你又唔肯？你係要睇我先生嗰度！你有鋪癮呀？你自己冇呀？你都黐線！我唔信去藥房買唔到一粒偉哥！

講完，佢就嬲爆爆走咗。

太太，或者你先生只係對你⋯起唔到頭。 3K

case	symptom	對得人拜得神
#8	remark	

姨姨睇完醫生，拎埋藥。

我：$200 呀～

姨姨心不在焉，就咁拎咗袋藥擰轉身，打算行出門口……

我：小姐～小姐，你未畀錢㗎。

姨姨頭也不回，佢掂到診所門了！

我：小姐！你未畀錢㗎！！！

姨姨耳膜成功修補，終於聽入耳了。請相信呢個世界係有奇蹟！

佢擰轉頭：聽到喇，爭你㗎咩？

再行返埋嚟擺低 $200：$200 呀！數清楚呀，我對得人拜得神，你睇清楚呀！

因乜解究家陣好似我屈你咁呀……  2.6K

case #9	symptom	死豬
	remark	

有日，一個姨姨睇完醫生，等拎藥期間企喺登記處前面含情脈脈、豬唇半開咁望住我～

佢啲撠水吹蟲蟲大爆發，忍唔住開口了：好忙呀？

我：有啲文書嘢要做下～

佢：平時都係咁忙㗎？

我：都 OK 嘅～

佢：你好忙呀？

我哋又回到起點呀？唔好咁啦～你大個女喇，學下獨立，承受下一時嘅寂寞啦。

我：我有啲要做呀，不如你坐低等攞藥呀～唔舒服多啲休息呀。

佢：我 OK 㗎，係有啲屙～

我冇出聲。

佢：我發現次次嚟親月經前都會肚屙，我諗我呢幾日應該會經到，你會唔會㗎？

我：我好似冇……

佢：你唔係女人嚟㗎？

我：吓⋯⋯

佢：冇嘢喇冇嘢喇，唉！你都唔關心病人嘅！邊有人坐喺度唔出聲㗎？得瞓喺棺材先咁咋嘛！

吓⋯即係我瓜咗喇？我係咪喺棺材入面喇？ 👍 3.3K

─── *comments* ───

> **Erica Leung**
> 姨姨係想話畀你知佢仲有 M 喋！

> **Joey Lui**
> 姨姨咁得閒～叫佢出街口企下，做下統計嘛！

case	symptom	谷屎上腦
#10	remark	

電話響起～

我：你好，乜乜診所～
佢係一位伯伯：女呀！

你唔好周街認人做女啦好冇？

我：呢度係診所，有咩幫到你呀？
佢：你上嚟我度吖！
我：伯伯，呢度診所嚟㗎～你係咪打錯電話呀？
佢：你係今日個女呀！診所個女呀！畀咗甘油條我個女呀？

哦～原來係今日其中一個病人。

我：係呀，有咩事呢？
佢：你上嚟幫我塞甘油條吖！

我明明記得呢位伯伯今日有兒有女有工人嚟陪佢睇醫生，成村人入晒嚟你一句我一句，好鬼溫馨熱鬧㗎喎～

我：你自己用唔到呀？可以搵屋企人幫你呀～

佢：你畀我嘅，梗係你服務我㗎啦！我明明畀咗錢你！

醫生，佢嗌你上喎，甘油條你處方㗎喎，今鋪我都幫你唔到喇，錢你又收咗喇，快啲上去啦～

我：你搵屋企人幫手啦～醫生唔會上門到診㗎～

佢：我叫你上嚟服務我呀，唔係醫生呀！快啲啦！我幾廿歲人唔等得呀，唔好要我講多幾次呀！

伯伯，你係咪谷屎上腦喇？睇嚟好嚴重喎，不如直接入私家醫院放便啦！

我：伯伯，呢啲唔輪到我做㗎，你叫你屋企人幫你啦～

佢：有冇韮菜呀！我有畀錢㗎，冇服務畀我，你不如連甘油條都唔好畀我啦！

嘟……

你啲屎谷晒上腦啦，支甘油條不如直接口服算啦～ ♥ 4.1K

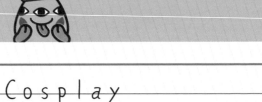

case	symptom	
#11	Cosplay	
	remark	

有日，一個戴眼鏡的小姐嚟到診所。

我：睇醫生嘅麻煩身分證登記吖。

佢托住眼鏡伸個頭埋嚟問：我想問…有冇得睇㗎？

我：唔好意思，你想睇啲咩呀？

佢：我對眼呀～

我：哦～可以畀醫生睇咗先，如果呢度睇唔到都可以轉介你去眼科睇～

佢：但係我趕住晏啲用呀！

你對眼而家冇用緊㗎？

我：如果要去眼科都要約期，冇咁快有得睇㗎喎？

佢：唔得呀！我要而家即刻好呀！

我望望佢對眼：你對眼咩事呀…紅？痛？

佢：我戴唔到大眼仔呀！我一戴上去就痛到標晒眼水出晒紅筋呀！試咗成朝都係咁！

我：你唔好再試喇，好傷眼㗎，你畀對眼唞下先啦，我同你登記咗睇醫生先啦～

佢：你醫生救唔救到我呀？我今日一定要好返㗎！

我：今日你點都要畀對眼唞㗎喇……

佢：我唔可以冇咗大眼仔㗎，冇咗大眼仔我覺得我唔係我！

…只係你放棄咗當初嘅自己啫，你仍然係你。

我：對眼好重要㗎，你唔好勉強戴啦，整傷對眼自己後悔咋……
佢：我唔係嚟聽你講耶穌㗎，我嚟係要醫生救我㗎！
我：一係你畀醫生睇咗先啦……
佢：佢唔即刻醫好我，我係唔會畀錢㗎！你唔即刻搞得掂，即係庸醫！我今日要 Cosplay 呀！

不如扮咸蛋超人、變態超人呀？都係 Cos 啫～

我：就算你入到去醫生都會叫你畀對眼唞下～你自己衡量啦～
佢：又講耶穌！庸醫嚟㗎！我去搵第二個呀！我唔信冇一個搞得掂！

嚟呀～考慮下呀～扮變態超人呀，正嗰～ ❤ 7K

case	symptom	可憐的豬臉
#12	remark	

有日，一位小姐嚟到：我要驗孕呀。

我：好呀，麻煩身分證登記，之後等見醫生呀～

見醫生後，醫生要佢留小便驗孕，咁我就畀個小便樽小姐：麻煩去洗手間留少少小便，之後交返畀我呀～

小姐：哦～好呀！

佢去完洗手間返嚟，我望住佢手上個小便樽⋯⋯

冇咗個樽蓋嘅？咁坦蕩蕩嘅？樽入面又黃又滿嘅尿液呀⋯隨住小姐每一步嘅震動，尿液都不停蕩嚟蕩去～媽的！咪倒瀉呀你！倒瀉咗，屎忽都打爆你呀！

我：小姐，你唔好行住～個樽蓋呢？

佢：順便掉咗啦！

又唔見順便掉埋你自己嘅？

我：你慢慢行呀，小心呀，下次記得要扭返個蓋㗎。

「乞～嗤」⋯⋯

唔係我打乞嗤呀，係佢打。嗰樽又黃又滿嘅尿液頓時冇咗一半，四散到周圍⋯⋯

佢：哎呀！點算呀？

佢望望我：姑娘，你塊面好似有少少……

係呀，仲有我成張枱都係呀！坐喺度嘅我一早返工就畀你顏射呀！
好彩我有口罩啫，如果唔係咪畀你口爆埋？

我：你同我小心放低個樽……

佢：對唔住呀姑娘，我冇心㗎…我可以點做呀……

我：乖乖地坐低等嗌名……

唔好阻住我去洗面…… 3.7K

叫咗你小心㗎啦！

我冇心㗎……

041

case	symptom	Oh Yes!
#13	remark	

一個女仔拖住男朋友入到嚟診所登記～

女：姑娘，我早幾日燒過，要唔要探熱呀？

安全至上，安全至上，探啦探啦～一探解憂愁～

探完之後，我：冇燒呀～
女好興奮的說：Yes！我食咗粒退燒藥呀嘛！

點呀？你在高興粒退燒藥係真嘢嗎？

我：得㗎喇～坐低等嗌名呀～
女：我冇燒仲使唔使睇㗎？
男：冇燒即係冇病喎。
女：但係我幾日前有燒喎。
男：你而家冇喎。
女：我食咗退燒藥嘛！

Yes！粒退燒藥有效呀！

男同女望住我，我：咁你嚟得登記嘅，要唔要病假紙呀？要就坐低等嗌名啦～

大家安靜的坐低了。

Yes！

可惜入到醫生房，醫生認為佢唔需要放假～ Say No ～

冇假紙～ Oh No ～你去第二間再 Yes 過啦～ ❤ 3.5K

| case | symptom | 消毒藥水味 |
| #14 | remark | |

有日，有位太太入到嚟～

佢鼻孔擴大又擴大，之後行埋嚟同我講：喂？你噴香水呀？

我：冇呀。

佢：唔係喎，成陣香水味喎！

我：應該係上一個病人嘅香水味嚟嘅～

佢：有冇搞錯呀？成陣味我點睇醫生呀？

我：你要唔要個口罩呀？

佢：你唔清咗陣香水味呀？好大陣味呀！我病人嚟㗎，你仲要我聞住呢啲味等睇醫生等攞藥，有冇搞錯呀！

我：我開大少少個冷氣啦～

佢：你咪呀！索晒陣味入冷氣糟仲勁呀！洗冷氣都唔掂呀！

咁又唔得，咁又唔得，你想點喎，我吞到啲香水味嘅我吞咗啦！

佢：你唔好成尊佛咁坐喺度得唔得㗎吓？你有冇啲乜可以祛到陣香水味㗎吓？

我：我畀個口罩你用住先啦～

佢：我病人嚟㗎！仲要我戴口罩？咁我點唞氣？

啊，就係病先要戴口罩呀 Bu 你！

我：咁一係你過一陣先再嚟吖，等啲味散咗先～

佢：你開空氣清新機啦！診所實有㗎啦！

我冇回應佢，因為我診所冇……
登記後，佢坐低等。
佢鼻孔又擴大擴大……

佢：喂！姑娘！你係咪開咗空氣清新機喇？
我笑笑：冇咗香水味嘈？
佢又擴大鼻孔：冇咗呀，不過你部機係咪有啲乜事呀？

我冇回應。

佢繼續講：啲味好似怪怪地咁…啲消毒藥水味嚟㗎？

我當然唔會講你知……
對唔住，我放咗個屁。❤ 4.1K

有日，一位講嘢唔咸唔淡嘅大媽嚟到診所，佢企喺我面前摷佢個手袋，一路摷就一路望住我。

我：係咪睇醫生呀？睇過嘅？冇覆診卡可以講身分證號碼或者電話號碼畀我 Check 返。

佢：等陣啦你，催三催四，我唔係嚟睇醫生呀，我係嚟畀機會你解釋！

哦？醫生？你食咗個大媽呀？人哋搵上門喇！

佢拎出一支黑色嘅藥水，藥水樽嘅形狀話我知肯定唔係本診所出品⋯⋯

佢：你睇下樽藥有啲咩？

我：黑色嘅藥水，不過唔係我哋診所嘅。

佢：咁嘢唔係你呀，唔認數呀，出咗事就唔認數呀！

我：個樽同我哋用嘅樽都唔同，上面又冇我哋嘅 Label，真係唔係我哋嘅嘢又點認呢～

佢：哎呀，你咁古惑呀，專登用第二啲樽嚟玩嘢呀！

我：請問我玩咗啲咩呢？

佢打側樽身：你睇你睇，成大隻嘢喺入面呀！

哇,大媽,你浸酒呀?你鄉下興用大強浸酒?仲要剪開兩邊嚟浸嘅?入味啲㗎?

我:唔好玩啦,咁大隻仲要碎上⋯⋯

佢:邊個同你玩呀!我好認真呀!你間診所啲嘢唔乾淨呀!先會有啲咁嘅嘢爬入去!出現喺樽度!你信唔信我告你呀?見大家係街坊我先嚟畀個機會你解釋,你有咩解釋呀?

我:我好肯定呢樽藥酒唔係我哋診所嘅!邊有大強會自己死都要捐入去個藥水樽,仲要分自己屍,佢想死嘅決心未免太大喇啩?

佢:你唔好扯開話題呀!

我扯咗去邊呀?我由頭到尾都係講緊樽入面隻大強,最多都係想探討下隻大強有幾咁厭世、受咗咩打擊要逼自己夾硬入樽再分自己屍啫⋯⋯

我:你既然話樽藥係我哋嘅,咁你覆診卡號碼係幾多呢?

佢:我唔記得!

我:咁你畀你身分證號碼我呀,我幫你查下~

佢:冇呀冇呀冇呀!你畀返幾百蚊我當冇事發生過,畀返樽嘢你包冇手尾!

你同我吹咗樽嘢佢呀?

我：唔得～咁大件事，你飲咗大嘩嘩三格呀！我怕你有事呀，我而家報警幫你叫車送你去醫院 Check 下有冇事呀，你放心呀，我哋好好手尾，一定幫你追究到底！

佢：追究乜呀？

我：邊個搞事咪追邊個囉，隻大強搞搞震嘅話，死咗都照鞭佢屍～

佢：你畀幾百蚊我當冇事發生過啦！

我：唔得～梗係唔得啦，我擔心你成肚都係大強卵呀，都係報警好，我而家打電話～

佢：…阿妹，我都係記錯咗，原來樽藥唔係你嘅，我認錯咗……

你真係當我傻 Hi 呀？你自己做豬 Hi 算啦～ 💟 8.2K

case	symptom	鄉下婑
#16	remark	

有日有個講唔知乜話嘅姨姨入到嚟診所～

我真係唔知佢講乜話，所以我聽唔明嘅以下都會打成符號，唔係講粗口呀吓～

姨姨企咗喺登記處。

我：係咪睇醫生？我幫你登記先呀～

佢：我 #@#％

我：唔好意思，我聽唔明⋯⋯

佢：我 #@#％

我：⋯⋯

佢突然講得出（我又聽得出）：搵個可以講嘢嘅嚟！

我：我可以講嘢呀～

佢腳仔跺地：哎呀 #@#％ 我 #@#％

佢又講：搵個可以講嘢嘅嚟！

我諗咗陣，決定用普通話講：我在說話啊，你有甚麼要跟我說嗎？

佢又跺地：哎呀 #@#％ 我 #@#％

佢原地轉咗幾圈。

之後佢又講：講！嘢！

我眼神充滿信心：是（普通話），係，Yes？

佢繼續講住啲不明話再轉住圈離開診所……

做咩啫你？呢度唔係你鄉下呀～聽唔明你講咩好奇咩～你搵個識講廣東話嘅再嚟啦～再唔係英文又得，普通話又得啫～ ♥ 3.9K

case	symptom	望聞問切
#17	remark	

電話響起～

一位男士：喂？

我：你好，乜乜診所～

佢：呀姑娘呀？

我：係～

佢：我有啲嘢想查詢下咁嘅～

我：乜嘢呢？

佢：我呢，就咁嘅，想問下正常嘅精子係咩味道，我認真問㗎！

精子？你想知邊條精蟲嘅味呀？人都人人唔同體質啦，我估精蟲都條條有別嘅～

我：嗯…先生呀，如果你有任何醫學上嘅問題，可以向醫生提出並查詢嘅，我喺度就答你唔到呢啲問題啦，唔好意思～

佢：其實都唔算好醫學上嘅問題啫，你當係生活小百科嘅嘢咁答我咪得囉～

咁你不如上網 Google 呀～我嘅生活小百科冇精蟲俾我捉嚟試味喝，你估我係你呀？

我：唔好意思，你有啲咩問題都係嚟問醫生啦……

佢：我條女話我啲精子好臭呀……

你咪加啲蜜糖，加啲橙汁，再唔係加養命酒都得㗎，調個味易啲入口嘛～

我：你有需要查詢可以嚟搵醫生嘅……

佢：咁我要唔要整啲畀醫生睇下係咪真係臭呀？

做醫生呢個位真係好唔簡單，病人除咗要佢望聞問切啲大便之餘，而家仲要聞埋精…我真係覺得醫生份人工唔易賺呢～

我：唔使啦，見咗醫生傾咗你嘅情況先～有需要可以轉介你去專科檢查。

佢：咁…足唔足料㗎？咁我考慮下先啦，唔該姑娘，Bye Bye～

嘟～

咩嘢足唔足料呀？拎去蒸水蛋嗎？ 6.2K

case	symptom	勾當
#18	remark	

✎　有日，一個叔叔嚟到診所，行到埋嚟問我：妹妹，你有冇咩好介紹呀？

介紹金寶綠水呀？

我：介紹啲咩呀？

佢：我聽啲街坊講你哋做啲咩勾當……

你係咪入錯地方或者聽錯嘢呀？不如你行返出去問下你啲街坊吖～

我：我哋診所嚟㗎喎，冇做咩勾當呀……

佢：唔係喎，佢哋話呢度有得做嘅，收費公道喎！

我：你想做啲咩呀？

佢：你哋同啲咩人勾當多呀？

都話冇咯，信唔信我一個如來神掌轟你出去吖嗱？唔信呢？正常嘅，我都係講下啫。

我：我哋真係冇做啲咩勾當，你一係直接話我知你想做啲咩，我睇下幫唔幫到你？

佢：我對眼睇嘢矇咗幾年，咪想你介紹我去睇眼囉。

…嗰啲叫轉介，唔係勾當，好不好。

我：啊！你想醫生寫轉介信畀你去眼科嘛？冇問題呀，畀身分證我登記咗先呀～

佢：做呢啲勾當貴唔貴㗎？

我：呢啲唔係勾當啦，係轉介。我哋醫生會收返你診金八十蚊，有埋轉介信㗎喇。

佢：哇！你封信有金定有鑽呀？貴過我屋企張水費單喎！

我：你要唔要去第二間問下先呀……

佢：你哋咪又係官商勾結，專開我哋呢啲小市民刀！

我：咁一係你考慮下街症？

佢：咪又係收我錢！

世界上冇免費午餐㗎，難道你行走江湖咁多年都係靠義氣食飯㗎？

我：但係街症應該係最平㗎喇……

佢：官商勾結！做埋啲陰質勾當！由我盲啦！

我：對眼好寶貴㗎……

佢：你知就好啦！咁你仲收錢？

…對眼你嘅。

我：我哋私家診所嚟㗎嘛，你去政府睇，佢都要收㗎！

佢：由我盲啦！

佢咁就放棄咗自己離開咗診所，其實我望到你部電話係新款 iPhone 嚟，唔好扮窮啦…… ♥ 9.4K

case	symptom	
#19	remark	截精丸

電話響起～

一把幼嫩的女聲急促地說：姑娘呀！姑娘呀！

我：係～乜乜診所，有咩幫到你？

佢：我要截精藥呀！

係咪即係事後丸呀？我嘅理解冇錯呀可？

我：係咪事後丸呀，要嚟見醫生先得㗎喎～

佢：吓？我嚟到會唔會太遲呀？

我：你幾時先可以嚟呀？

佢：我要沖涼換衫，應該要半個鐘多啲呀！

我：哦～可以呀，你 7 點半前嚟到就得㗎啦～

佢：我要唔要自己扣咗喉先呀？

我：做乜要扣喉呀？

佢：我吞咗呀！

⋯⋯⋯⋯⋯⋯⋯⋯⋯⋯⋯⋯⋯⋯⋯妖。

我：妹妹，如果你頭先嘅性行為係冇喺陰道內發生或者射入去的

話，係唔需要食事後丸嘅。

佢：冇呀冇呀，我下面冇畀佢掂過呀，佢擺咗入我口咋！

我：咁你係唔需要食事後丸嘅……

佢：咁使唔使扣喉㗎？

我：唔使㗎……

佢：唔會有咗㗎？

我：口嘅唔會有㗎……

佢：真係㗎？

我：係呀……

佢：咁就好啦，不過都好似扣咗喉先會好啲～我覺得啲嘢喺個胃度好核突呀，好似好大陣味咁……

…咁你又吞…用漱口水啦～ 8.4K

早幾日，有個女仔打電話嚟：喂？

我：你好，乜乜診所～

佢：曉童唔舒服呀～

我心諗邊個曉童：哦？係呀？嗌曉童嚟睇醫生啦～

佢：曉童幾點可以嚟呀？

我：佢隨時可以嚟啦，我哋 7 點半截症嘅。

佢：會唔會開假紙呀？

我：到時醫生會睇佢情況需唔需要假紙，你叫佢嚟咗睇醫生先啦～

佢：可唔可以同曉童登記咗先呀？

我：你叫佢自己嚟登記啦，冇電話預約呀。

佢：我係曉童呀。

我：咁你自己嚟登記⋯⋯

佢：但係曉童好唔舒服，唔想等咁耐呀。

⋯我話之你標童
定曉童，煩！

👍 6.8K

case	symptom	長長臭髮
#21	remark	

有日診所幾多人～大家坐得比較親密～

一位長長秀髮小姐時不時撥弄佢把秀髮，坐側邊個婆婆都唔知俾佢把頭髮掃過幾多次……

不過容忍係有限度嘅，婆婆：阿妹呀，你可唔可以唔好再搞個頭呀？

小姐望望佢反白眼：關你咩事啫，唔抵得我呀？

婆婆：你啲頭髮撥咗好多次整到我呀。

小姐：要唔要報警驗傷呀，你面皮有咁薄咩？

婆婆激到彈起身：後生女把口唔好咁差喎！

小姐再反白眼：俾我啲頭髮揩到下就發爛渣，邊個差啲呀？

婆婆好激氣咁行埋嚟登記處同我講：嗰個呀嗰個呀（指小姐）佢嚟醫頭蝨㗎！

小姐又行埋嚟：阿婆你講咩呀，邊個醫頭蝨呀！

婆婆繼續同我講：係佢啦，佢啲頭蝨周圍跳呀！我睇到呀，佢係咁搞佢個頭，想傳埋畀大家呀！

小姐：你唔好噏得就噏啦！

婆婆：我親眼見到嘅！

雖然有時我會覺得呢類型婆婆係有啲嘈，不過我又覺得佢好鬼搞笑，我喺度食花生其實都食得幾開心～如果診所中間可以擺個擂台喺度，我應該日日都有拳擊賽睇……

我：一人少句啦，返去坐啦，唔好拗喇～

婆婆：佢嚟睇頭蝨㗎！

我：病人嚟睇咩都係佢私隱嚟㗎，你當眾話人睇咩病就係唔乖㗎喇！

小姐回望我：姑娘！你講咩呀？

我：我話畀婆婆知唔可以咁啫～

婆婆：我聽講呀，生頭蝨要剃光個頭㗎，你估佢個頭有冇劉德華咁圓呀？

我：張衛健個頭形都幾靚㗎～

小姐行埋嚟問：姑娘，你信唔信我投訴你呀？

投訴我咩呀？投訴我暗戀張衛健個光頭呀？

你乖啦坐低啦，家陣你生頭蝨咩，唔係就唔好對號入座爭位入啦～

唔好再搞把頭髮喇～ ♥ 4.1K

case	symptom	姓賴的媽媽
#22	remark	

有日，一個媽媽帶埋個小朋友嚟睇醫生～

拎藥時，小朋友一直叫嚷：我畀，我畀我畀！

原來小朋友望住媽媽手上張五百蚊紙，想幫媽媽畀錢我～

媽媽無視咗佢幾次，小朋友仍然唔放棄，用更大嘅聲線：畀我呀！
我畀呀！

媽媽望住小朋友：嗱，幫我交畀姐姐呀～

小朋友瘋狂點頭：嗯！

媽媽遞咗張五百蚊紙畀佢：乖～

我同小朋友講：好啦，畀我啦，$300 呀～

拎住五百蚊紙嘅小朋友依依不捨張銀紙⋯⋯

「撕～」

佢企圖遞上半張五百蚊紙畀我，但係，佢撕開咗張五百蚊紙⋯⋯

媽媽望住佢呆咗，回神後就望住我：咁⋯⋯

咁咩呀？我揗都冇揗過呀～你唔好諗住入我數呀～

媽媽打咗個衰仔兩下：你黐線㗎？我叫你畀姐姐呀！你做咩呀？而家點算呀？

左右手各拎住半邊屍骸嘅小朋友遞畀我，我：爛成咁，我唔收㗎…唔好意思呀……

媽媽：頭先完整㗎，你睇到㗎，你拎膠紙黐返就得啦！

我：你有冇第二張呀？

媽媽：呢張係你㗎！

…………上面寫咗我個名嗎？

我入醫生房講返個情況畀醫生知，醫生堅決拒收屍骸……

我又行返出去：唔好意思呀太太，醫生都話唔收呀～

媽媽：乜嘢呀～呢張你㗎，你整爛㗎！

…其實你想入我數，你都唔使扮智障扮到咁入戲嘅，我會好擔心你㗎～

我：唔好玩啦，你望下你左手邊…有 CCTV 嘅……

媽媽即刻打個小朋友對手，令到屍骸跌咗落地，又同佢講：你呀！最衰都係你呀！姐姐整爛咗張 $500，你執嚟做咩呀？快啲話畀姐姐知唔關你事啦！

我有啲缺氧：CCTV 有錄影嘅⋯⋯

媽媽變臉：咁即係你唔收啦嘛？

我：呢張真係唔收呀～

媽媽彎腰執起屍骸，揚揚屍骸：你肯定啦嘛？

我：醫生肯定～

媽媽：咁當我冇嚟過啦！我以後都唔會嚟呀！你少咗個客咋嘛！我唔會幫襯你呢啲黑心舖頭㗎！整爛人張 $500 都可以賴係我整爛！

你都係去精神科啦。 ♥ 8.7K

case	symptom	向歧視說不
#23	remark	

一個人頭湧湧嘅早上，診所已經逼到冚～有位頭濕濕嘅小姐入到嚟：睇醫生呀！

我：睇過未？

佢碌大對眼：睇過好多次啦！

Sorry Sorry，係我唔啱，冇記住咁出色嘅你。

我：咁覆診卡…有冇呢？

佢：你冇畀我喎。

我：哦，唔緊要，轉頭再畀你～咁一係你畀電話號碼或者身分證我 Check 返先～

佢用一把凡人聽唔到嘅聲線疑似讀出一輪數字，啊！係梵音！應該係！肯定係！

我：唔好意思，我聽唔到……

佢又變返正常：你係咪食錯藥呀？你做嘢咁嘅？

我：你介唔介意畀身分證我，等我自己睇……

佢好唔滿意咁邊㩒身分證邊講：都唔知你食乜大，有冇搞錯，講完又講…都唔知請個聾嘅返嚟做乜……

我應該食乜補補佢？ 👍 2K

case	symptom	第一次
#24	remark	

有日，一位姨姨嚟到診所。

入到房，姨姨同醫生講：我想做個基本身體檢查呀。

醫生：之前有冇做過？

佢：冇呀，第一次呀。

醫生畀咗張檢查清單佢睇並解釋：你今朝食咗早餐未？噚晚 12 點後有冇食嘢？

佢：冇呀，我專登唔食等你㗎！

醫生：咁你而家可以去埋化驗所做喎，我而家寫紙畀你去。

佢大感錯愕：吓？唔係醫生你同我做㗎？

醫生：化驗所嗰邊做都得呀。

佢：我喺度畀錢喺度做呀！我唔要過去畀啲三唔識七嘅人拮㗎！

醫生同你都一樣三唔識七咋嘛，唔好扮熟啦～

醫生唯有妥協，拎出抽血工具：好啦，咁喺度抽埋啦。

佢含羞：你細力啲喎，唔好整痛我喎⋯⋯

⋯醫生，你望唔望到呀？佢拎粒眼屎嚟電你呀～

醫生：少少痛就點都有，忍住呀。

佢喺醫生消毒皮膚時：哎，有啲涼涼地，好舒服呀～

醫生：嗱，少少痛呀，女士。

醫生針頭一插入，姨姨佢扯高音：啊～啊～啊～啊～啊～痛呀～

繼續高音：唔好呀～流血喇～

抽血唔流血，抽嚟做乜呀？

你係咪想我直接打爆你個頭拎血？ 5.4K

case	symptom	一飛沖天去
#25	remark	

有日，醫生走咗，我哋等夠鐘鎖門 Happy Lunch～

有個阿姨推門入到嚟：未收工㗎可？

我：收㗎啦！

佢：我個仔嚟緊㗎，等埋呀～

我：我哋截咗症，醫生走埋啦喎……

佢：咁……

咁乜呀，走啦～唔好阻住我去食梅菜扣肉補充脂肪呀！

我：你哋下晝時段先再嚟啦～

佢：冇醫生睇㗎嘑？

我：而家冇㗎喇，醫生都走埋啦～

佢：醫生走咗幾耐呀？仲趕唔趕得切叫佢返轉頭呀？

我：醫生唔會返轉頭～你哋下晝時段再嚟啦～

佢行近門口：醫生行邊一個方向走呀？左？右？

我：你…想做乜呀？

佢：醫生唔曉飛，我曉飛呀！我可以去叫佢返嚟，我個仔都嚟緊啦，睇埋先啦！

飛啦嘛飛啦嘛？仲唔即刻一飛沖天去一飛沖天去？我等睇你表演呀～唔飛就碌出去，咪阻住我去咬扣肉呀！👍 3.6K

―――― comments ――――

> **Ken Lok H**
> 究竟係阿姨定個仔需要睇醫生？我分唔清。

> **Beli Ming Ho**
> 點解個仔遺傳唔到曉飛呢個技能，到底係咪親生？

> > **珍寶豬**
> > 最後我點咗佢去左邊，之後我鎖門走了～

case	symptom	新丁
#26	remark	

✎　一位後生女拎住卡片入到嚟：我係乜乜乜藥廠要見醫生。

我望一望卡片，平時冇訂開嘅，公司得幾樣產品又唔啱用嗰啲……

我：有冇資料放低畀醫生呀？醫生今日都好忙呀～

佢光速黑面：我想 Face to Face 醫生囉。

OK Fine，你試下 Google 下有冇醫生個樣畀你 Face to Face 囉～

我：唔好意思呀，醫生今日真係幾忙，你都見到坐咗好多症喺度…或者擺低資料畀醫生自己睇吖？佢有興趣會聯絡你～

佢：你問都唔問，點知醫生想唔想見我？

我：醫生好多症，又要寫 Report…你都係放低資料啦～

佢好唔情願咁放低資料：平時邊個訂藥㗎？

我：我。

我見到你對眼發光了，不過…我已經唔想再同你講嘢了～Bye～ 4.8K

―――― *comments* ――――

> **Candy Lam**
> 睇嚟佢藥廠啲藥麻麻地，食到佢咁。

case	symptom	
#27		BB 叔叔
	remark	

有日，一個叔叔嚟睇醫生～睇完醫生，到緊守崗位嘅我出場啦！

我：乜乜乜，可以嚟拎藥啦～

叔叔塊面燶燶地行埋嚟問：你嗌我乜呀？

我以為自己嗌錯名：Er…你唔係乜乜乜咩？

叔叔：你嗌人嗌得咁冇感情㗎？

…感情？我哋之間係咪發生過啲乜事而我忘記了？我同你…係咪有段「那麼珍惜過，那麼瘋癲過，那麼動地驚天愛戀過」嘅感情？

我企圖轉移話題：咁…乜乜乜先生…你…係乜乜乜先生嗎？我哋有冇入錯你個名呀？或者你睇睇藥袋上嘅名有冇寫錯呀？

叔叔：名就冇錯！係好冇感情啫！

咁或者…你會唔會考慮下身分證改名叫乜乜乜 BB…

咁咪以後人人都會叫你做 BB 囉…係咪有感情好多呢？

界啲感情！
臨時演員都係演員！

👍 3.5K

case	symptom	三 姑 與 六 婆
#28	remark	

正值流感高峰期，診所都好多人下～

一位年輕媽媽手抱住一個 BB 喺候診大堂等睇醫生時，好不幸地俾啲食飽飯等屙屎嘅三姑六婆盯上了。

三姑望住年輕媽媽同阿六婆講：嘖嘖嘖，你睇下，而家啲後生女邊識湊仔呀！

阿六婆又望住年輕媽媽同三姑講：個 B 塊面紅卜卜都唔知係咪燒壞腦啦，都唔知點做人阿媽！

三姑：我哋嗰個年代邊有咁湊仔㗎，我湊咁多個都未試過病㗎！

六婆：我咪又係，咁多個都好健康～

三姑：啲後生都唔知係咪未生之前唔檢點呀，搞到陀仔一大堆病痛，生出嚟咪特別麻煩，聽講好多變白痴㗎呀！

你聽邊個講呀？不如講出嚟大家一齊研究下呀？

六婆：而家啲年青人冇㗎喇，冇用㗎喇，生個仔就好似做咗好多功德咁，好巴閉㗎！

三姑：你望下佢個 B 呀，都唔知係咪已經燒到變白痴啦！

年輕媽媽一直冇出聲，只係望住自己懷抱內嘅 BB ～

我行出去幫 BB 探熱：冇～燒～呀！

媽媽：係呀，佢嚟睇奶癬咋～

三姑同六婆講：你聽唔聽到呀？生癬呀！會唔會惹人㗎？

我：阿姨呀，奶癬呀～你生咗咁多個都唔知唔會惹人呀？好似濕疹咁呀～

三姑同我講：我邊識呢啲呀，我個年代冇呢啲嘢！

我：所以我咪話你知唔會惹人囉，唔識唔緊要，你問人嘅，識答都一定會答你～

六婆同三姑講：呢個姑娘好寸喎！

三姑：而家啲後生係咁㗎！

其實你哋係咪一出世就更年期？好似從未年輕過咁嘅？你哋石頭爆出嚟㗎？ ❤ 3.8K

case	symptom	羞恥感
#29	remark	

有日，我遲咗起身，唯有嗌外賣喺診所邊食邊做嘢～

電話響起～我：你好，也也診所。

對方係一位女士：診所呀？

我：係呀。

佢：醫生聽唔聽到我電話㗎？

醫生本身冇聽障問題嘅，不過佢唔會接電話，要佢聽呀？打去私人電話得㗎喇～

我：呢個電話唔係醫生聽嘅。

佢：咁太好啦！我想同你傾計呀！

吓？你高興甚麼啊？你係咪打錯電話呀？我呢度唔係白姐姐熱線呀！

我：Er⋯有咩事呢請問？

佢：我想同你傾啲正經嘢嘅⋯⋯

有屁快放！我要食早餐呀！我心愛嘅腿蛋治等緊我呀！

我：請講。

佢：我正經㗎。

我：小姐，有事可以快講嗎？我仲要做嘢（食嘢）。

佢：你有冇羞恥感㗎？

吓？你點解知我冇㗎？你點解咁了解我㗎？媽，有人暗戀我呀，不過係女人。

我：你…問嚟做咩呀？

佢：傾計囉！

阿又得閒同你傾計呀？

我：唔好意思，診所電話唔係畀我傾閒計嘅，而且我唔識你。

佢：唔識又同我講咁耐？你個人冇羞恥感囉！

嘟。

我又被 Cut 線了。屌，羞恥感咩嚟㗎？好唔好食得過我份早餐呀？黐線！  2.8K

case	symptom	
#30	remark	Seven Head

一位先生睇完醫生，等拎藥期間喺度篤電話～

佢應該用緊 WhatsApp，撳咗播放鍵……

電話中播出一把男聲：我返緊工呀屌你！你又走去詐病呀屌，風流啦你！

先生聽後，嘴角向上揚，心花怒放嘅戀樣出晒嚟～

佢意猶未盡，繼續按下播放鍵賺取無限優越感。

「我返緊工呀屌你！你又走去詐病呀屌，風流啦你！」

佢竊笑了。

「我返緊工呀屌你！你又走去詐病呀屌，風流啦你！」

佢再笑。

「我返緊工呀屌你！你又走去詐病呀屌，風流啦你！」

喂，你個樣好很淫呀，你聽咗第四次啦，夠未呀？

「我返緊工呀屌你！你又走去詐病呀屌，風流啦你！」
「我返緊工呀屌你！你又走去詐病呀屌，風流啦你！」
「我返緊工呀屌你！你又走去詐病呀屌，風流啦你！」
「我返緊工呀屌你！你又走去詐病呀屌，風流啦你！」
「我返緊工呀屌你！你又走去詐病呀屌，風流啦你！」
「我返緊工呀屌你！你又走去詐病呀屌，風流啦你！」

⋯其實 WhatsApp 有個好鬼貼心嘅功能嘅，只要你將隻耳仔貼近去聽筒位，個對話就會變得好有私隱咁只為你播放。Only you ～ Can listen to this 西經～

返工冇得風流嘅我：先生，你介唔介意唔好不停咁播同一句？

「我返緊工呀屌你！你又走去詐病呀屌，風流啦你！」
「我返緊工呀屌你！你又走去詐病呀屌，風流啦你！」

佢：我聽唔清楚佢講乜呀嘛，而家唔畀喺度聽㗎咩？關你撚事呀？笪地你㗎？打工嘅收哮做你嘅嘢啦！

「我返緊工呀屌你！你又走去詐病呀屌，風流啦你！」

佢沾沾自喜。我識背啦⋯屌你!

我行入醫生房，同醫生講：**醫生，出面有人公然挑戰你，佢朋友講到明佢詐病呀～**

醫生問：**佢講乜呀?**

我：**佢朋友話:「我返緊工呀屌你!你又走去詐病呀屌,風流啦你!」咁,一字不漏呀!**

醫生：**你幫我叫返佢入嚟呀。**

我：**My pleasure ～**

我行返出去同先生講：**先生，醫生嗌你入去見見佢。**

先生再笑唔出，袋好部電話就上路。

佢拎假紙失敗嚕，再去第二間拎過啦柒頭，屌你。 👍 8.6K

---

comments

Angela Chan
醫生話我都係返緊工，所以唔畀你風流 XDDD

萊少
到今時今日都仲有人唔知，成間診所
最唔可以得罪嘅就係姑娘～

Agnes Ng
有病，就要睇醫生啦；詐病，就要話畀醫生知啦。

#31-60

診所低能奇觀4

FUNNY + CLINIC

case	symptom	看屎
#31	remark	

有日，一個姨姨一臉憂心咁嚟到登記處前～

我：你好，有咩幫到你呀？

佢：姑娘，我想 Check 啲嘢呀……

我：嗯？Check 啲咩呀？

佢喺袋中拎出一嚿紙巾：你幫我 Check 下吖……

我：唔好意思，可唔可以講清楚 Check 啲咩呀？

佢將嚿紙巾放咗喺枱面：我唔知自己係咪有大腸癌……

咁…嚿…紙…巾…咩…嚟…㗎…大佬…我好驚呀……
我唔想拆禮物呀！

我：咁你呢嚿紙巾係咩嚟……

佢：我啱啱清潔完嘅紙巾…諗住……

我諗你滷味！我警告你！即刻將張拭完屎嘅紙巾帶離現場！如果唔係，你食咗佢！

我：小姐…驗嘢就唔需要帶呢啲過嚟…你可以拎去掉咗佢先嗎？

佢：我怕醫生斷錯症、誤診呀，拎畀佢睇會好啲…你睇下吖～好

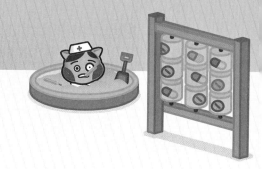

似有啲血㗎⋯⋯

佢攤開張紙巾⋯喺度捽下又磨下⋯頂你個制，有味呀喂⋯⋯

我：小姐，你唔好再捽佢啦，你掉咗佢先啦，你入到去同醫生講得㗎喇，醫生會同你檢查㗎，你放心呀，唔使擔心㗎⋯⋯

佢繼續捽，繼續磨，玩得好過癮咁喎忽 U。

佢：你畀咗醫生望咗先啦，我都拎到嚟啦～
我耍手擰頭：醫生會同你檢查㗎，你掉咗佢先啦～

（掉）
佢真的掉了。
掉咗入我個位⋯⋯
啊！啊！啊！啊！啊呀呀呀呀呀呀呀呀呀呀⋯⋯

佢淡淡然：我嗌你畀醫生睇。

你媽的！世人好恐怖呀⋯⋯ ❤ 7K

電話響起～女士：我點樣話畀我老公知我想要呀？

我：要乜呀？

女士：DoDo 呀！

我：鄭裕玲呀？

女士：姑娘。

我：嗯？

女士：你咁樣講嘢嘅？我問緊你正經嘢呀……

我：啊！不如你問醫生啦！

女士：你個醫生好似係男人嚟喎。

我：佢老婆生咗幾個，應該夠經驗答你㗎喇～

醫生：……

醫生，你分享下你嘅心得畀人啦，唔好自私 Do 呀～ 👍 3.4K

― comments ―

Candy Claritza
同老公講：合體！

珍寶豬
我返工對住咁多病人，點答 XDD
唔通教你講「官人～我要」？

085

case	symptom	留言信箱
#33	remark	

假期過後，又到聽電話留言嘅時候～

每次聽親留言，我個心真係又驚又喜又慌又震呀…事不宜遲，咬住個餐包就開工聽留言啦喂！

X 月 X 日 晚上 11 點 32 分

「喂？診所呀？喂？喂？喂？喂？喂！冇人嘅？係咪閂咗門呀？（中間停頓了 10 秒）唔係喎，電話通喫，即係有人啦，喂？喂？喂？」

留言嚟喫，夜媽媽邊個回魂聽你電話呀？

X 月 X 日上午 2 點 48 分

「喂？我想預約睇醫生喫，我要最早嗰個期呀！…冇人嘅？係咪要重頭講過？喂？我想預約睇醫生喫，我要最早嗰個期呀！…喂？有冇人應下我？」

你即管嗌大聲啲啦～呢度叫天不應叫地不聞呀～

X 月 X 日上午 2 點 56 分

「我頭先打過嚟，個姑娘唔知係咪瞓咗？…喂？我想預約喫？…喂？」

先生，你早啲瞓啦，我哋冇電話預約㗎……

X 月 X 日上午 6 點 11 分

「早晨姑娘，我喺出面呀，請問可唔可以開門畀我入去先呀？得嘅話你而家出嚟開門畀我呀～慢慢呀，我唔急㗎，我等你呀。」

陰公，睇怕你要等足兩日…門口咪大大張紙寫住假期休息…如果癡癡的等…某日終於可等到…… 👍 5.8K

―――― *comments* ――――

Vivien Li
老師住喺學校，姑娘住喺診所的概念嗎？

Frankie Luca Wong
你不如整個「遺言信箱」畀佢算啦喂～

case	symptom	尋找滋滋唧唧的聲音
#34	remark	

有日，診所都幾多人，有大有細有老有嫩有~~毒~~L有放閃L。

有對情侶好肆無忌憚咁互相捽大髀咬耳仔，久唔久就細聲講大聲笑…坐喺斜對面位男士睇到眼火爆咁款。

有個小朋友就有樣學樣咁捽媽媽大髀，媽媽即刻打佢隻手：你做咩呀？

小朋友：哥哥都咁……

媽媽：人哋係咁你就要咁㗎喇咩？你唔可以咁樣摸媽媽㗎！唔可以亂摸㗎！

小朋友：點解唔得呀？

媽媽：唔畀摸就唔畀摸㗎啦，大庭廣眾咁摸肉酸㗎嘛！

小朋友感覺自己好無辜：哥哥都咁……

媽媽怒目望向情侶方向。

情侶不但冇收斂，反而變本加厲笑得更大聲…仲濕吻起上嚟…其實我個人本身唔介意睇戲嘅，你哋歡喜嘅就地正法我都冇所謂，我好樂意開 Facebook 直播將你哋可歌可泣嘅愛情動作片傳出去㗎～不過話晒現場已經有媽媽同毒L唔妥你哋嘅行為，你哋再做落去即係撩交嗌啫……

媽媽掩住小朋友眼：咪鬼睇呀核鬼突！

坐喺情侶側邊個阿婆反而睇得津津有味，個頭愈哄愈埋…喂～有人想玩 3P 呀！摻埋阿婆玩呀～

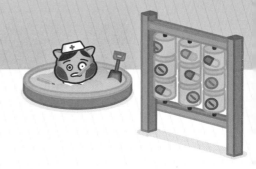

閉目享受濕吻嘅男朋友終於發現阿婆嘅存在，嚇到爭啲瀨屎嘅佢情急之下推開女朋友：哇！

女朋友問：做咩呀？

男朋友：個阿婆哄到咁埋唔知想做乜呀！

阿婆不屑說：我搵緊邊度滋滋唧唧聲呀，睇又睇得唔清，就硬係聽到有啲滋滋唧唧聲聲…姑娘你係咪捽緊嘢呀？

我忍笑：我冇呀，冇事呀，你繼續坐喺度得喇～

阿婆：奇怪喇，頭先明明聽到滋滋唧唧滋滋唧唧咁㗎～

對情侶再冇馨馨我我，兩個腰骨硬晒咁坐喺度。阿婆，其實你係咪扮嘢想加入咋～ ♥ 4.2K

姑娘你係咪捽緊嘢？

case	symptom	悶男
#35	remark	

電話響起～

一位男士：喂？

我：你好，乜乜診所～

佢：呢條電話線有乜服務㗎？

你係咪打錯電話呀？係咪想打去 1823 呀？你收線再打過啦柒頭。

我：呢度診所電話嚟嘅⋯⋯

佢：我咪問你條電話線有乜服務囉！

我：你係咪要查詢應診時間呀？我哋今日睇到 7 點半嘅～

佢：我係問你有乜服務，你係咪唔識聽中文？

先生，你咁躁，睇怕你係意外懷孕想驗孕頂啦？唔使驚㗎！冷靜啲呀！

我：唔好意思呀先生，如果你係要嚟睇醫生嘅，麻煩你親自過嚟登記，電話呢度淨係可以答到你幾時應診㗎咋⋯⋯

佢：你唔使聽下病人講乜㗎咩？

我：咁你想講乜呢？

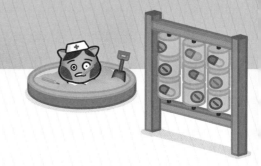

佢：我冇嘢想講喇喎，屌你做姑娘都冇啲耐性，點做人呀？

……嘟。

我哋喺度做乜啫？你係咪好閒啫？ 3.1K

case	symptom / remark
#36	你不是靚仔

有日，一位男士入到嚟喘住氣：姑娘～

我：係～係咪登記？身分證呀？

佢：我睇過啦，前日先睇完，你唔記得我嗱？

我一日見百幾個人，你又唔係特別靚仔，真係好難令我有深刻印象喎……

我：唔好意思，唔記得～

佢：我前日跌咗袋藥呀。

我：咁你想配返係咪？

佢：係呀，順便……

我：順便咩呢？

佢：拎埋今日假紙。

咁有幾順便呀？點睇都係假紙先係主菜喎～

我：要病假紙就要見醫生呀，冇得配藥拎病假紙嘅～

佢面黑了：咩道理呀？

冇道理呀，規矩嚟啫～

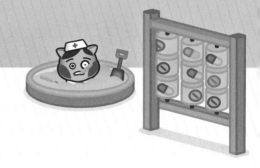

我：醫生規定嘅，病假紙由醫生寫嘅，由佢決定寫唔寫呀。

佢：唉，是但啦，我都冇得話事㗎啦。

我：咁麻煩你畀身分證或覆診卡我登記呀。

佢拍枱：我都話我前日嚟過咯！

我可以又拍嘢嗎？我想拍你個頭呀，都話咗你唔靚仔咯，我唔記得你呀！

我：都請你話我知你嘅覆診卡號碼呀⋯⋯

佢：你真係好麻煩呀，你知唔知呀？

我知，你都係呀。 🖤 2.3K

case	symptom	醃漬青瓜
#37	remark	

有日，一位稍年長嘅大媽嚟到診所，佢望住我，我又望住佢。

我：早晨，係咪睇醫生呀？醫生仲有半個鐘左右先返，我可以幫你登記咗先～

佢望望四周確認冇人：阿妹呀，你唔好介意呀，我女人嚟㗎～

我知，以你咁豐滿嘅身形，我都好肯定你係女人。不過直覺話我知，多數唔慌好嘢。

我：嗯，乜事呢？

佢：我想問屋企人如果食咗有我啲分泌物嘅嘢會唔會有事㗎？

你等我 Load load⋯我估你係指口水吧？

我：咩嘢分泌物呢？

佢：女人嗰啲呀，大家女人唔係要我講到咁明呀？睇你都唔係十幾歲啦，應該知呀？

我：咁⋯你專登畀屋企人食呀？

佢：黐線！你覺得我係咁變態咩？

I don't know，我都唔想知，唔想深究呢個問題～

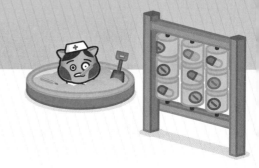

我：……

佢：我唔小心啫！

我：哦～

佢：咁有冇問題㗎？

我：我用例子答你，日本年中咁多男優因為劇情需要去食女性分泌物都冇死到，仲可以喺未來幾年嘅小電影中見到佢哋精湛嘅演出，咁你認為有冇事？

大媽的眼神話我知佢在思考。

佢：嗰啲真㗎？

………可以點樣假？電腦特技？

我：應該係真嘅。

佢：咁青瓜未煮過就咁食冇問題㗎嘛？

你咪當醃漬青瓜囉，我到底聽咗啲咩？你又到底對條青瓜做咗啲咩？唔准玩食物呀！

我：青瓜生食本身就冇咩問題嘅……

佢鬆一口氣：嚇死我呀！我個仔今朝話肚痛，我仲以為佢係因為食咗啲青瓜呀！你咁講我就安樂喇，唔該晒阿妹～

…我到底聽咗啲咩…… 3.7K

阿仔你有冇事呀？

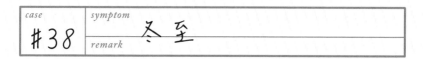

case	symptom	冬至
#38	remark	

某年的冬至日～一個新症嚟到診所：登記呀，應該冇喺度睇過。

我：麻煩畀身分證我登記呀。

佢喺我登記時，不停同我訴說心中情：我應該冇喺度睇過㗎，我自己有睇開嘅家庭醫生，我好少睇其他嘅，不過嗰個話今日冬至收早喎。真係離譜，冬至唔畀人病㗎咩？得佢一個要做冬咩？我夠要去做冬啦，嗌佢睇埋都唔肯，真係離譜！你話啦，邊有醫生咁㗎？

我抬頭望望佢：病就唔好咁勞氣啦。

佢力爭認同感：係吖嘛！冬至冇人病㗎咩？做得醫生姑娘就要照顧病人㗎啦！大時大節都已經好冇醫德咁放假㗎啦，慌死唔係走去旅行玩咩？冇啲醫德，掉低啲病人喺度，自己就走去開心，佢玩得安樂嗰下勁喎！你話係咪啦？

我再抬頭望：小姐，我哋都有屋企人嘅，咁邊個照顧我哋屋企人呀？

我個誠懇樣應該太誠懇了，嚇親佢……

佢：…你頭先駁我嘴呀？

我：我見你問我意見嘛……

佢：吓？呢間診所個姑娘咁冇禮貌都唔慌好啦，唔怪得我冇嚟睇過啦！我寧願病死都唔睇你呀！取消呀！

噢，好啦，你條路點行你自己揀啦～ 👍 5.5K

case	symptom	奇臭娛
#39	remark	

有日，診所都幾忙下～有個中年男人嚟到，佢拎住個環保袋埋嚟登記處同我講：姐姐，呢個袋畀你用呀，畀你用呀，我畀你用呀～

是的，佢應該係智力同外表不符嘅。平時我食晏久唔久都會撞到佢笑住周圍行。

我望住佢：唔使啦，多謝你呀，你留返自己用啦～

佢重複：姐姐，我畀你用呀，你用呀～

我拎出診所袋：你望下～姐姐用呢啲㗎，你呢個太大啦，唔啱我用呀，你自己用啦～

佢望一望我個袋，再望自己個袋，冇出聲，應該喺度思考中。

有個姨姨同朋友坐喺度講：捉返佢入青山啦，畀佢周街走，我成日見到佢四圍遊蕩㗎！一陣拎刀劈人點算呀？

佢朋友：入到嚟診所搞住晒唔肯走喎佢？

姨：報警啦，捉佢入青山啦！

其實個男就應該聽唔到嘅，因為佢仲自己思考中～但我位大肚嘅同事聽到嬲爆爆行咗出去…我怕佢動胎氣都行埋出去傍住佢～

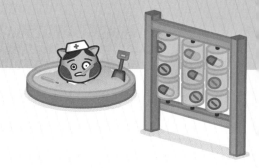

同事：你哋積下口德啦！佢小朋友嚟㗎咋！

姨：大隻過我喎？仲細路呀？

同事：佢心智唔係佢外形咁，太太，你哋係咪冇常識到咁？

姨：佢心智係點關我咩事呀？佢而家嚇親我呀！報警啦！

同事：你有冇做過人阿媽？

姨：我有成七個仔女！個個都不知幾正常！

同事：你做過人阿媽都可以講得出咁嘅嘢？有邊個唔想自己仔女健康正常？佢阿媽唔通想佢永遠都唔長大？你七個都健康正常你有福氣！唔好作孽削福！我都即將成為媽媽，我都想我小朋友一世平安！做人唔好咁刻薄！要還㗎！

姨：費事同你嘈呀！一陣冇咗又賴我呀！

哇…你把口……

我拉走同事：唔好理佢啦～返入去啦～把口咁嘅～

同事入到藥房眼濕濕…而個男人喺我哋拗緊時唔知幾時自己行咗出去～

第日食晏，我如常見到個男嘅滿臉笑容周圍行～有時我反而覺得好似佢咁生活喺自己世界，佢睇嘅所有嘢都比其他人簡單直接亦美好，係一件幾幸福嘅事，至少佢為自己而感到快樂。 4.9K

case	symptom	漬漬伏漬漬
#40	remark	

✎　電話響起～對方係一位先生。

我：早晨，乜乜診所。

佢：早晨呀姑娘，我有啲嘢想請你指教指教呀！

唔好啦，十有八九都唔係好嘢啦⋯⋯

我：關於啲醫學上嘅問題，你嚟見醫生啦～

佢：好小問題咋，你應該都成日接觸到㗎啦，你求其答下我得㗎喇，唔該你呀～

⋯點求其答呀？

佢：我點先知我個仔有冇包皮過長呀？

我：睇醫生⋯⋯

佢：包皮過長條底褲係咪會好多漬㗎？

我：先生，呢啲我答你唔到呀，你不如叫佢嚟睇醫生啦～

佢：底褲有漬都要睇醫生㗎？

⋯我唔想撈喇。

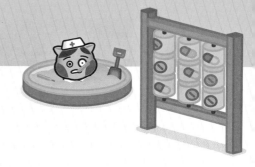

我：我係指包皮過長呢個問題要畀醫生睇……

佢：你平時睇咁多都答唔到我㗎？

我：平時睇得多嗰個係醫生呀……

佢：哦！我知啦！喺電話教咗我怕冇錢收呀？

我：始終我唔係專業嘅，呢啲留返畀醫生答啦～

佢：你日睇夜睇都唔專業呀？我明㗎喇，要錢咋嘛，我有錢都唔益你呀！

嘟。

底褲有漬咪洗乾淨啲囉，你問下威猛先生，睇下幫唔幫到你～

 4.5K

--------------- *comments* ---------------

> **William Sze**
> 成條陰莖剪咗就冇問題。
> # 安全移除下體

> **Bobby Chan**
> 正常男人唔會唔識下話，居然去問姑娘……

> **珍寶豬**
> 好多人問㗎，可以出個包皮系列！

case	symptom	聰仔
#41	remark	

我叫阿聰，父母希望我係一個聰慧嘅人。

但我只不過係一個平凡嘅人，每次考試我都只可以考到全班第十幾……媽媽當然唔滿意。

終於媽媽發現班級上考頭一二名嘅同學，都係患有 ADHD。

我唔知乜嘢係 ADHD，但我媽媽希望我有 ADHD……

媽媽帶住我去到診所，揹住沉重書包嘅我冇傷風冇感冒，跟喺媽媽背後嘅我，不時被催促：行快啲啦！

入到診所，媽媽去登記。

姑娘問：要唔要探熱呀？有冇發燒？

媽：佢冇燒呀，我想問可唔可以就咁開藥或者寫紙畀我去買藥㗎？

姑娘：嗯？你想要乜藥呀？

媽：我懷疑我個仔有嗰啲 ADHD。

姑娘：呢個要評估咗先㗎喎？唔可以就咁開藥㗎……

媽：會唔會有幾劑藥畀佢食睇下有冇好到？

姑娘：呢啲藥唔會咁食㗎，一定要轉介嘅，你學校老師有冇留意到，話需要轉介？

媽：一班入面咁多人，Miss 邊會留意到咁多呀，我覺得佢有㗎喇，佢要食㗎喇，你問下醫生有冇得寫張紙咁畀佢食下吖～貴嘅我都

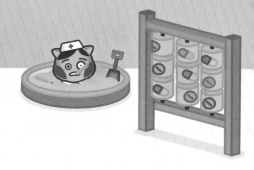

畀得起㗎。吖，仲有，幫我問埋…係咪天才嗰啲都需要食呢啲藥㗎？我見學校佢嗰級有幾個都應該係咁，都應該有藥食，不過我未見過係邊款藥，你可唔可以叫醫生開隻靚啲嘅畀佢食呀？

姑娘望望我。

姑娘：太太，藥係有需要先食…你講嘅呢啲藥係需要經過專科醫生評估，認為佢係有需要先會開畀佢食……

媽媽好唔耐煩：佢由細喺度睇到大，醫生係咪唔可以畀我個仔行條捷徑呀？幾多錢我都 OK 㗎！我想我個仔都係天才啫！

姑娘：太太，我哋真係冇呢啲藥，有需要嘅一係轉介你去專科啦～

媽：你畀我入去同醫生講！你畀我入去！

姑娘：就算我畀你入去，你都係聽返類似嘅說話…我哋呢度係普通科，唔會評估到，唔會開到藥……

媽：人哋嗰啲就可以食，可以係天才，讀書考試好叻好高分，次次考頭幾名都係嗰幾個！啲家長都係話佢哋食藥咋嘛，就好似啲運動員食咗禁藥咁，食到個腦開咗咁，好 Easy 咁。

姑娘：唔係咁簡單㗎，如果食藥得嘅，全世界都係天才啦，到時天才就唔係啲乜一回事…你真係覺得有需要嘅，都可以叫醫生轉介你去專科嘅～

媽：我寧願佢係一地天才，都唔要佢而家咁嘅樣！

媽，我係乜嘢樣⋯⋯

媽媽最後都係選擇要去專科⋯⋯ ❤ 4.6K

＊ ADHD，即專注力失調及過度活躍症。

咩叫 ADHD 呀？

case	symptom	五毫的重要性
#42	remark	

有日，有個姨姨睇完醫生，我出藥後袋好入袋收埋錢～

姨姨倒晒啲藥出嚟，同我講：我唔要個膠袋喇。

噢，多謝支持環保呢句嘢是很重要的，我記得我深深咁領過嘢嘅…幻覺嚟嘅啫！嚇我唔到嘅！

我：好呀，多謝支持環保。

姨姨企咗喺度，再望住我，我又望住佢。

我：仲有乜幫到你？
姨：你未畀錢我。
我：你畀齊頭，唔使找呀。
姨：我嗰五毫子呢？我唔要個膠袋喎？
我：我哋個膠袋係冇另外徵收費用嘅……
姨：五毫子你都要呃我？你拎返個膠袋嚟！

我可唔可以收返句「多謝支持環保」…… 👍 3.8K

case	symptom	食少餐當減肥
#43	remark	

有日睇症已經睇到 2 點 45 分，登記處都貼晒「停止登記」大字報。

有位太太入到嚟喺登記處鬼殺咁嘈：人呢？姑娘呢？

我：唔好意思，我哋截咗症㗎喇。

太太：我啱啱嚟到你就話截？你乜嘢服務態度呀？

我：我哋截咗好耐㗎喇，你 4 點後再嚟啦。

太太：4 點？我畀個玉皇大帝你做好冇？

好呀，唔畀正契弟。

我：我哋截咗症㗎喇，醫生再收症佢就冇飯食㗎喇。

太太：食少餐會唔掂㗎？我都係佢熟客嚟㗎！咪食少餐當減肥囉！

嗯，你咁講就唔啱啦，減肥係唔應該食少餐，而係應該食多幾餐。你灌輸啲錯誤嘅減肥方法畀人有何居心？

我：你 4 點再嚟啦…我唔會同你登記㗎喇。

太太繼續嘈嘈嘈，冇乜節操嘅醫生又喺房宣旨一聲：唔好煩喇，睇埋啦。

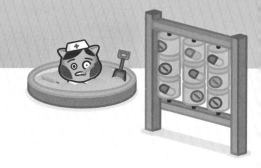

漏 Q 晒氣嘅我又唯有同佢登記。

呢個時候太太當然唔會放棄執死雞嘅寶貴機會，猶如執少一劑會得了失心瘋：你呀，都食少餐啦！

妖那星，我係鍾意肥係鍾意圓碌碌呀，你吹呀？ 4.4K

―――― comments ――――

Carmen Chan
今次醫生唔啱……

Iris Kwong
大家姐唔出手教訓醫生嘅？

珍寶豬
呢個醫生唔係嗰個醫生，係嘅話，佢一早上咗火星～

case	symptom	痱滋仔
#44	remark	

有日，一個後生仔嚟到登記處企喺度。

我：先生，係咪睇醫生？係嘅幫你登記，麻煩你身分證呀～

佢伸伸脷抵抵嘴。乜事呀？想呲咗我呀？抵食呀！夠你哋幾世呀！

我：先生，請問咁係咩意思？

佢將舌頭伸出三、四厘米，指指脷尖。

我：甚麼……
佢終於開口，孝感動天佢唔係啞㗎，佢：你見唔到見到呢度呀？
我：啊？邊度呀？
佢再指：呢度有一點呀～

哦～痱滋呀～

我：見到…咁係咪想睇醫生呀？係嘅麻煩身分證登記呀～
佢：你見到呀嘛，你畀到幾多日假？

吓？吓？生粒痱滋仔竟敢奢望幾日假？你份工係負責打車輪呀？

我：要見咗醫生，睇下醫生認為你需唔需要休息先開病假紙嘅～

佢碌大對眼：我睇完唔畀咪碌柒？

Yes，沒錯。我都 99% 肯定你碌硬柒。

我：病假唔係由你決定幾多日就寫幾多日嘛……

佢指指脷頭：我堅病喝！

我粒鼻屎大過你粒痱滋啦，我粒鼻屎阻塞住我呼吸通道引起間歇性呼吸唔暢順呀～

我：係係係，你都要畀醫生睇咗先呀。

佢：呢啲入到去任得你哋講，我咪好冇保障？見完要收診金㗎嘛，咁我萬一假紙又拎唔到，診金你又照收，我唔畀你會唔會報警拉我呀？

我：會呀。

佢：你都發癲！我去第二度好過！

有邊間肯為你粒痱滋寫幾日假紙記得話我知～我都有幾粒，應該可以連續放一年半載呵呵呵～  3K

109

case	symptom	命硬
#45	remark	

一位女士帶一個婆婆嚟到診所～

女士：姑娘，佢（婆婆）有冇得打流感針？政府嗰隻？

我：可以呀，想打三價定四價？

女士：係咪四價勁啲？

我：四價多咗一種乙型流感嘅保護～

女士：咁四價啦！

我望一望婆婆，再問女士：婆婆今日有冇啲乜嘢唔舒服呀？

女士：冇呀！

婆婆開口：我咳呀……

女士個頭極速擰轉揪婆婆：咳你條命！咳完啦你！

再極速擰返個頭嚟同我講：唔好理佢呀！同佢打呀！

俾人拮嗰個係佢，好難唔理佢㗎喎……

我：我同佢登記咗先，入去見醫生先，到時再睇下可唔可以打啦～

女士：你照同佢打得㗎啦！

我：唔使急，見咗醫生先啦～

女士發爛：佢條命我話事呀！佢個仔要我湊佢老母，我要佢死就死，生就生！你即刻同佢打呀！我冇咁多時間湊佢老母呀！

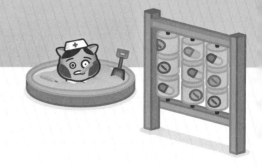

我：小姐你冷靜啲先，如果婆婆病緊，醫生都唔會同佢打流感針嘅，要好返先可以打……

女士：佢有咁易死就唔好喺度獻世！

哇…雖然我唔知你受咗乜委屈，但也用不著講出口吧？不過真係一家唔知一家事，而我只知有病唔打得針……

婆婆：我條命硬過你，你即管嚟啦，我唔怕你㗎！姑娘！你打啦！

女士：聽到啦？佢話要打㗎！

我覺得今日個時辰八字唔多夾，不如擇日再挑機？

我：你哋兩個都冷靜啲…俾醫生睇咗先可以知打唔打得㗎～

女士：你畀枝針我！

我：我哋不如登記咗先吖？你畀婆婆身分證我吖？

女士喝婆婆：身分證呀！

婆婆左摖摖右摖摖：冇帶喎。

女士望住我：冇喎。

我聳聳肩：噢，咁今日唔使拗打唔打得啦，政府資助必須有身分證做登記。

婆婆舉起食指：我都話我命硬！

Goodbye，你哋兩個返屋企隻揪啦！ 👍 7.4K

comments

Ali Wong
婆媳糾紛呢家嘢，係全球性嘅非物
質文化遺產嚟㗎～

case	symptom	吧屎定吧飯
#46	remark	

有日我同同事 Lunch Time 一齊鎖門出去～正在討論食乜東東好⋯⋯

有個阿姐跑埋嚟：哎呀！閂咗門喇！

我搖一搖鎖上嘅門：係呀，鎖咗喇～

佢：開返佢呀！

我：你漏咗嘢喺入面？我幫你攞返？

佢：我睇醫生㗎！

我：醫生走咗喇喎⋯你下晝應診時間再嚟啦～

佢：佢去邊呀？

同事：食飯啦。

佢：咁早就去食飯？

我望一望錶：都 2 點啦，差唔多啦。

佢：哎呀，我唔嚟睇醫生，佢都唔去食飯嘅？點搞呀？

哦⋯醫生怕對你一見鍾情，為咗避開你而走啦，肯定係啦，幾十歲人仲咁多性幻想嘅，點搞呀？

同事：你晏啲過嚟啦。

佢：你哋去邊呀？

113

食飯呀！你係咪想請客先？

我：我哋都去食飯呀。

佢：吓？你哋都有食飯時間㗎？

我：吓？唔係你以為我啲肉點嚟？

佢打量一番，再望一望我，冇出聲。

同事：你晏啲過嚟登記啦。

佢邊自言自語邊離開：我都未聽過姑娘有得食飯⋯悶悶悶得咁快，趕住食屎咩⋯⋯

你自己鍾意屎當飯吔都唔好講畀人知嘛⋯⋯ 4.7K

---
comments

> **Chi Bi Chibi**
> 好多人都以為我哋姑娘唔使食飯，
> 吸空氣就維持到生命㗎啦！

> **Terror Lo**
> 阿姐平時一定係自給自足～

難得診所幾悠閒…得一個症……我坐喺登記處發吓呆～

望下望下，望到門外有個男人企咗喺度。

望咗一陣，坐喺度等睇醫生嘅女病人問我：姑娘，你望夠未呀？

我錯愕：吓？望咩呀？

佢：我條仔呀！有乜好望呀？

我：哦？出面位先生係你男朋友？我見佢企正喺門口…撩鼻屎…撩完好似 Hi 咗去門框邊……

女病人即刻企起身，行出門口推走咗個男朋友，之後面黑黑入返嚟：咁得未呀？

你推走佢做乜唧，你畀張紙巾佢啦～我哋呢度冇推糞蟲收集鼻屎㗎…我怕佢再企耐啲，隔籬舖個門框就會好華麗㗎喇……  2.9K

望夠未呀？

case	symptom	我要糖仔
#48	remark	

一位姨姨拎完藥之後問我：有冇幾包糖仔畀我呀？

我心諗咁大個人仲要維他命糖？

我：冇呀～

佢指住啲藥樽：入面有㗎，你抽幾包畀我呀，我有用呀，我去親睇醫生都會拎幾包㗎！

我：你講乜嘢糖仔呀？我唔係好明…小朋友食嗰啲維他命糖呀？

佢：唔係呀，我拎返去畀個孫玩㗎，細細包嗰啲呢，有得食㗎？

我完全聽唔明係乜糖仔，但係我又好想知係乜……

於是我拎咗個藥樽研究，我：你講嘅糖仔係乜呀？

佢望望樽內：呢～有兩包呀，畀我呀～

我望望嗰兩包…防潮珠嚟喎？

我：阿姨呀…呢啲唔好畀小朋友玩呀，吞咗入肚就唔好啦，唔食得㗎～

佢：食得㗎？

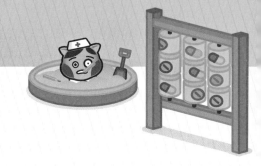

我：唔～食～得～都唔玩得！

佢：你畀呢兩包我呀～

我：呢啲唔可以畀你呀，我哋啲藥都要防潮㗎～你唔好再拎呢啲畀小朋友玩啦，有啲係一包包灰咁嘅，你返去掉咗佢啦，嗰啲真係危險㗎～

佢顯得好唔耐煩：冇事嘅，邊有咁多事呀～你畀幾包我啦～

我堅決唔畀，姨姨掉低句就走了：你真係好孤寒！

阿姨呀～我希望你只係為咗幾包防潮珠搬個孫上枱～而唔係真係畀佢玩啦～如果唔係有一日就會喺報紙上面見到你…… 👍 4.4K

───── *comments* ─────

Poon Hang
佢個孫太濕，又懶得買祛濕茶……

Joey Lui
佢嫌個孫濕得滯，但佢個孫有佢呢個阿嫲／婆就真係濕滯……

Kara Lee
親，人口控制嘅嘢你不明白的了。

case	symptom	飛 飛
#49	remark	

今日風和日麗，完全係放風嘅好時候，不過我喺診所。

一個新症婆婆拎身分證出嚟登記，佢拉開佢個小斜背包～

拉鏈緩緩的拉開，婆婆頭緩緩的抬起：哎呀……

「啪啪啪啪啪」，係乜嘢展翅高飛拍翼嘅聲呀？

我都未嚟得切睇係乜東東，診所內嘅人開始尖叫並走佬，雜誌搞到一地都係，班女嗌到世界末日咁……

遲鈍嘅我，終於望到係乜，係一隻中形 Size 啡色扁身嘅飛飛，品種不詳（原諒我唔係百科全書），佢周圍飛呀周圍撞～

婆婆手執紙巾一張，伸手喺空氣中邊揮動邊講：哎呀…唔好走啦～

你走得去邊？仲走？

我邊哼住「唏呀唏呀唏」欣賞婆婆嘅揮別飛飛舞，邊思考佢同飛飛嘅關係～

突然！一個猛男一掌擊落飛飛，飛飛不能再飛了，倒在地上……

猛男：冇事喇。

婆婆接受唔到現實：你做咗啲乜呀？

猛男：KO 咗佢囉。

婆婆：茄撈？咩意思呀？佢有生命㗎！我諗住捉咗佢放生佢㗎！

猛男一臉羞愧……

啊！你 GG 了～你殺咗阿婆隻寵物！你快啲賠返條命畀佢呀～一於就以身相許啦～婆婆，你說對不對～ 👍 3.8K

嗚呀！
飛飛你返嚟呀！

comments

Carmen Hilton Yu
#做咩啫你 #飛飛都有生命都可以病㗎嘛

珍寶豬
醫生，飛飛點聽心口好？

case	symptom	報仇
#50	remark	

✎ 電話響起～

我：你好，乜乜診所。

對方係一位女士：診所呀？我想配藥呀。

我：好呀，麻煩你畀覆診卡號碼我呀～

佢：好耐喇喎，唔記得喇，畀名你查唔查到呀？

我：咁有冇身分證號碼畀我？

佢：我唔知佢身分證幾號呀，畀名唔得咩？

我仲有得揀咩？

我：咁你畀佢英文全名我呀～

佢：中文得唔得呀？英文名我唔記得啦！

⋯⋯⋯⋯⋯⋯好，好，好。

查到排版後，睇返紀錄，上一次睇已經係三年前嘅事。

我：小姐呀，小朋友上一次睇已經係三年前嘅事，佢仲係 BB 嚟咋喎。

佢：係呀？我想配返上次啲藥㗎。

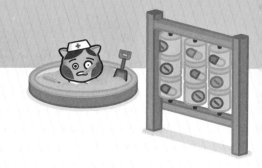

我：上次嘅係三年前喎，佢嘅磅數都爭好遠，藥嘅份量都已經唔同㗎喇～

佢：係呀？我記得好似有支抗生素㗎。

我：冇呀，冇食過抗生素呀。

佢：係呀？咁你配支畀我啦，佢有啲鼻水有啲咳有啲發燒。

我：唔可以就咁配畀你㗎，要見醫生㗎～

佢：我講畀你知佢大約幾磅，你照畀我咪得囉，我唔得閒帶佢嚟睇醫生呀！

我：唔可以㗎……

佢：你係咪想逼死我呀？叫你畀支藥我啫，又唔係叫你畀山埃我！

我：抗生素唔可以就咁開㗎，一定要畀醫生睇過，醫生認為佢嘅情況需要食抗生素先可以開。

佢：我係佢老母，有乜事我自己會負責㗎啦！個女死咗都係我冇咗個女啫！

我：你冷靜啲先～藥就一定要醫生處方㗎喇……

佢：吖你老母吖！好聲好氣叫你畀支抗生素我都唔得㗎喎，你想害死我個女呀嘛？

我：……

佢：我個女死咗，佢一定返嚟搵你㗎！臭西！

…點計，都會係搵你先。 ♥ 2.7K

case	symptom	未卜先知
#51	remark	

電話響起～

我：喂？乜乜診所。

對方係一位男士：喂？年三十有冇醫生睇呀？

咁快知自己年三十會病？好未卜先知呀！

我：今日先初六咋喎，咁早未知到時點呀。

佢：我要 Plan 定嘛，我要幾時再打過嚟問呀？

我：年三十嗰朝打嚟問啦。

佢：我年三十下晝飛喇喎，年廿九你寫定三十初一嘅假紙畀我得唔得呀？

我：唔得咁㗎喎。

佢：咁寫定畀我，我初七返嚟畀錢呢？

我：更加唔得啦～

佢：咁點樣可以保證到我拎到三十同初一嘅假呀？

我：申請公司年假。

佢：我有假就唔使嚟問醫生拎啦，就係冇呀嘛！我買晒機票 Book 晒酒店㗎喇！係爭張假紙咋！你哋唔係咁衰格呀？

原來咁就係衰格？

我：醫生唔會寫畀你㗎～

佢：我有喺度睇過㗎，我係乜乜乜喎！

我：醫生明知你係呃假就唔會寫㗎啦～

佢：哼！交戲啫！得啦！我年廿九再打嚟！你而家都唔知我乜水
嚟㗎啦！

乜乜乜先生，你嘅大名我已經寫低咗喺醫生枱面嘅 Memo 度啦～
我真係有用心記住你㗎～哈哈哈哈！ ♥ 5.1K

case	symptom	空虛的叔叔
#52	remark	

有日我跟症，一位叔叔入到嚟睇醫生。

醫生：今日有咩唔舒服呀？

叔叔搓搓肚：我覺得呢度有啲唔妥⋯⋯

醫生：有啲咩唔舒服呢？

叔叔低頭望肚：好空洞好空虛，我唔識形容嗰種感覺⋯⋯

其實你已經形容咗。

醫生是專業的：由幾時開始有？

叔叔：今朝早之後。

醫生：你今朝做過啲咩，食過啲咩呀？

叔叔：今朝起身飲咗杯奶茶，之後就一直去廁所。

謎底已經解開啦！叔叔係因為屙晒啲屎，宿便都冇埋咪空虛又空洞囉！

醫生：係咪不停有大便？大便係完整定係好似水咁？

叔叔：泥黃水咁，好似地盤地下一個個氹嗰啲咁，我唔識形容⋯⋯

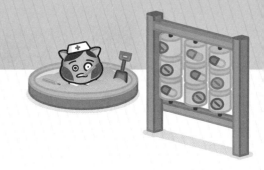

其實你都已經又形容咗。

醫生聽聽叔叔個肚：少少腸胃炎啫，戒口幾日，開返啲藥畀你食得㗎喇，奶茶咖啡戒返幾日啦，唔好飲住喇。

叔叔：冇奶茶個人會好空虛好空洞，我日日都要三杯㗎！

醫生：戒幾日先啦，等好返就可以再飲，不過都盡量飲少啲啦。

叔叔：咁醫生你開啲咩藥畀我呀？係咪食完會覺得冇咁空洞……

我空虛、我寂寞、我凍呀……

醫生：我開返啲腸胃藥畀你，你再瀉就食啦。

叔叔：其實我已經冇屙，只係空洞，我嚟係睇空洞空虛，醫生你好似搞錯咗……

醫生：…你應該係因為未食嘢啫，你一陣食啲清淡啲嘅嘢就會好好多。

叔叔搓搓肚：咁即係我應該去茶餐廳，而唔係嚟睇醫生……

醫生：……

叔叔：醫生，唔好意思，打搞你喇，咁冇咩事我走先啦。

佢真係就咁走咗。

…叔叔，你係咪嚟玩醫生？ ♥ 5.2K

case #53	*symptom* 相中的 JJ
	remark

有日我跟症，一位小姐入到嚟醫生房。

醫生：今日有咩唔舒服呀？

佢：我屙尿有啲唔舒服呀…哈～

醫生：由幾時開始係咁？

佢：都好耐下喇……

醫生：有幾耐呢？

佢：好耐喇，以我記得就好耐～

醫生：兩日？一星期？

佢：應該唔止咁少啦，好耐下喇～

妖你，即係幾耐呀，你唔鍾意計日子的話，可以講小便次數㗎～

醫生：咁你記得嘅係有幾耐？

佢：哈～唔記得呀～

醫生：咁即係都超過一星期啦，小便嗰時會有啲咩唔舒服呀？

小姐突然拎部電話出嚟，左篤右篤：**醫生，我畀啲嘢你睇吖！**

我又借啲意行過少少望下有咩睇～

…………電話中有條漏氣 JJ 仔～

醫生：……

佢：醫生，你覺得佢點呀？

醫生：小姐，請問你畀張相我睇係想問咩呢？

佢：你覺得會唔會係呢條嘢搞到我小便唔舒服呢～哈～

醫生：…你小便有啲咩唔舒服呢？

佢：俾火燒咁，成日都好急。

醫生：咁你呢啲情況都係尿道炎，我開啲消炎藥畀你，仲有抗生素一定要食晒成個療程嘅，食五日。仲有冇其他問題？冇就可以出去等拎藥。

佢指住電話內嘅 JJ 仔問：咁你覺得佢點啫？

醫生：處理咗你嘅尿道炎先啦，得張相我都評論唔到啲咩～你返去食咗藥先，睇下點～有需要就覆診啦。

佢繼續篤篤篤：一張相唔夠呀？我有片呀，好多條呀，你可以慢慢睇再畀意見～

醫生打眼色示意我送客，我想睇下係乜片呀醫生……

我依依不捨開門送走繼續篤電話搵片嘅小姐：小姐，麻煩出面等等，好快有藥拎㗎啦～

佢：醫生唔幫我睇埋？

我：睇片冇用㗎，下次帶個真人嚟畀醫生睇嘛～

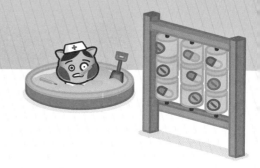

當我擰轉頭回工作崗位時，我發現醫生怒睥住我，做咩啫？我講錯嘢呀？ 6.3K

醫生你覺得佢點呀～

case	symptom	小天使女孩
#54	remark	

有日有對父子嚟到診所登記後坐低,隨後有個全身白雪雪嘅女仔入嚟登記~

當個女仔登記完之後坐低,個爸爸望到個女仔,立即叫個仔起身並講:起身!行開啲呀,會傳染㗎!

阿仔完全唔知發生乜事就四圍望,終於望到個女仔,就問爸爸:爸爸,姐姐係咪外國人呀?佢好白好靚呀!

爸:呢啲有病㗎,會惹畀人㗎!

女仔一直低頭冇出聲。

爸繼續教個仔:見到呢啲記得唔好行埋去呀!

仔:點解姐姐會咁白?

爸:唔檢點先會咁㗎!

傻的嗎?你個腦係咪你娘親屙你出嚟嗰時太用力,一嘢屙爆埋呀?

我忍唔住出聲:先生,唔識嘅唔好亂咁講啦~呢啲係白化症,係天生冇黑色素,唔會傳染人㗎~而且唔關檢唔檢點事!

爸:我聽都未聽過乜嘢症,走遠啲好!哎,我都係唔睇住喇,費事惹埋我!

佢拉住阿仔急急腳離開咗診所……

女仔望住我微笑並說：姑娘，我習慣㗎喇……

一句習慣，背後係曾經遇過幾多個不理解嘅人…受過幾多次無謂嘅攻擊同歧視……  9K

姐姐好靚呀！

comments

case	symptom	睡公主
#55	remark	

一個後生女嚟到診所，放低身分證後兩手一伸半身趴咗喺登記枱度……

你係咪偷偷地舐緊我張枱呀？呢度唔畀打車輪㗎喎！

我：冇事嗎小姐？

佢半抬頭：冇～好眼瞓啫，噚晚吹通頂，真係扐撚死寶寶……

我：要唔要探熱呀？

佢：唔使啦，拍硬檔幫幫手叫醫生開張假紙畀我，我好眼瞓呀，我趕住返去瞓呀！

我：要病假紙同醫生講得㗎喇，醫生見你病需要休息嘅話就會寫病假畀你㗎啦～

佢：眼瞓當唔當我病呀？

你好幽默呀，我要唔要笑呀？

我：我未見過假紙上寫診斷係眼瞓……

佢：我做先例囉！

你真係好幽默呀，我又要唔要笑呀？

我：我哋醫生比較保守派嘅，如果你入到去話眼瞓而要假紙，我

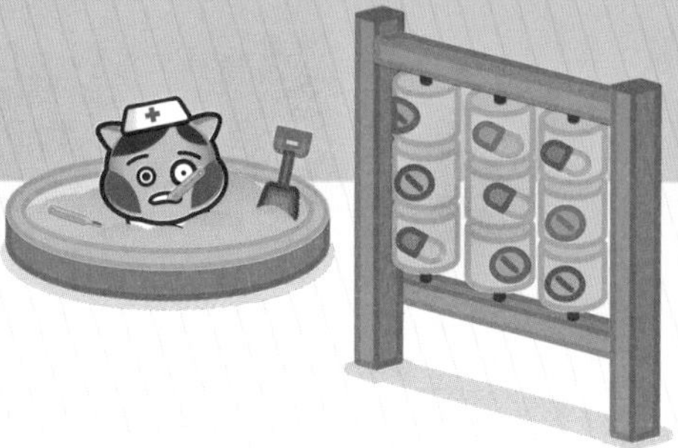

都好肯定冇假紙……

佢望望候診大堂嘅人：拍硬檔吖好眼瞓呀，下個畀我入啦。

我：你排第九個呀，坐低等等呀～

佢：入去畀我瞓下張醫生床呀，你當我死人咁用白布冚住我得㗎喇，我好眼瞓呀，我瞓住等呀……

我：麻煩啲邊坐低等嗌名呀～

佢：我返屋企等你啦，唔好掛住我。

講完之後，佢離開咗診所，從此我就冇再見過佢…

我打去佢登記個電話「你所打嘅電話並無用戶登記…」佢係咪變咗睡公主喇？ 7.2K

case	symptom	我要打人
#56	remark	

一位姨姨衝到入診所～喺登記處前問我：喂，有冇打人服務？

我：吓？

佢：我要打人呀！

正所謂我不入地獄，誰入地獄…要打就快，我谷定肚腩肉畀你打！我收開逐下 $1000 嘅～你想打幾多下？

我：小姐，我哋呢度冇得打人㗎…你係咪有呢個暴力自殘傾向呀？係咪要登記睇醫生？定係去急症好啲？

佢：你講乜呀？

我：你聽唔明廣東話？不過我都唔多識講普通話…呢度係香港嘛～

佢：我話我要打人呀！

我：呢度冇人可以打呀……

佢：我唔係要打人呀！

…點呀，一時話打一時又話唔打，你想點呀，你屎忽唔好兩邊擺得唔得呀？

我：你組織完你想講乜先好冇？呢度淨係可以睇醫生㗎咋…打人嘅話，你去 Google 下有冇啲被虐狂等緊你啦……

佢：你講乜呀？

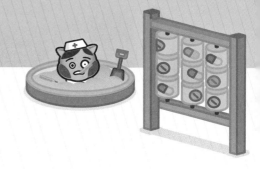

佢一路「嘖！嘖！」，一路撳佢手袋，終於！佢拎出一隻USB手指！

佢：我要打人呀！

你…係咪想講打印，Print 嘢呀？

佢：係呀！我講咗好多次我要打人呀！

我：呢度診所嚟㗎小姐，我哋呢度睇醫生㗎……

佢：我問人又話呢度可以打人嘅！

醒目～出去再問過啦…問個精靈啲嘅～ 👍 6.3K

case	symptom	登記
#57	remark	

✎ 有日朝早，醫生未返到，有位阿姨入到嚟：醫生返嚟未呀？

我：未呀，9 點半左右返。

佢：咁晏！咁今晚又收幾點呀？

我：7 點。

佢：作死你囉！我返工佢又返工，我收工佢又收工！

你哋好有緣份囉，你都係想我咁答你啫係咪先？

佢：咁而家點呀？我要睇醫生呀！

我：醫生都要廿分鐘後先返到嚟呀。

佢：叫佢行快啲啦，我要而家睇呀！

行到對腳出煙都冇用啦，醫生幾十歲人都係搭公共交通工具返嚟㗎咋，永遠有遲冇早㗎。

我：咁使唔使同你登記呀？

佢：人都未嚟咁快登記想迫我睇呀？

嗚，媽呀，我要迫都迫個靚仔啦，逼你嚟做咩，我恨不得大叫送客呀～

我：咁同你登記咗，醫生一嚟到，你就係第一個睇呀嘛，咪唔使再等囉。

佢：你呃我呀？我喺度咁耐都未有人入過嚟啦，我出去打個冷先返嚟呀！廿分鐘呀嘛？嗌佢行快啲啦，我趕住走呀！

我：你真係唔登記先呀？

佢：唔登呀！

講完佢就離開咗診所。

而世事就係咁美好㗎啦，喺佢走咗之後，有 5 位病人嚟到登記，並安坐喺度等醫生返。

阿姨廿幾分鐘後回來：醫生死返嚟未呀？

我：返咗㗎啦。

佢：咁我入得去未？我趕住走呀！

我：你而家登記排第 6 個呀，你前面仲有 5 個人呀。

佢：頭先明明冇人㗎！

我：你都識講頭先啦～

佢：我都要等呀？

我：要呀，個個都登記晒，爭你咋，再唔登記一陣又有人入嚟㗎啦～

登記啫，又唔係要你隻豬，怕咩醜喎～更何況我唔吼老豬～ ♥ 5.7K

137

case	symptom	
#58		打散姨姨
	remark	

有日,一位阿姨入到嚟診所。

佢拎住張一千蚊紙行埋嚟:喂～同我打散佢呀!

呢一刻,我眼中望唔到嗰張 $1000,只望到你,我係咪要打散你呀阿姨?

我:唔好意思,我哋冇咁多散紙幫到你。

佢:咩話?少少錢都冇?

我:係呀。

佢:我嗌你唱張 $1000 咋喎,又唔係唱 $10000 !

我:我哋冇得唱錢呀,我哋呢度診所嚟㗎……

佢:咁我去邊唱呀?

我:銀行啦。

佢:張 $1000 咪提款機畀我㗎囉!

我:我真係冇錢唱到畀你。

佢:打開門口做生意都咁拒人於千里之外!

我:你又唔係嚟睇醫生,我哋又冇收你唱錢手續費,點叫做你生意呢?

佢揚揚張 $1000:$1000 咋喎!叫你打散佢有幾難為你呀?少少嘢都做唔到你對唔對得你老母住呀?

又關我娘親咩事呢？

我：我哋不設唱錢服務，亦都唔收一千蚊紙，真係唔好意思，小姐你唔係睇醫生嘅就麻煩你離開。你咁樣會騷擾到醫生診症。

佢：哇！真係巴閉呀！咩醫生咁巴閉唔嘈得呀？我係要嘈！我擺你上網呀！話你呢間垃圾診所 $1000 散紙都冇呀！

我都冇你咁好氣，你估下下擺上網就一定係你贏咩～

我冇出聲，繼續做自己嘢。

佢拍枱：你都離晒譜㗎！你唔唱畀我，我點去街市買餸呀！

你去街市搵人唱嘛～睇下賣菜阿姐會唔會屌到你上火星～

腦海小劇場：

佢：唔該要斤菠菜呀！

賣菜阿姐：$7 呀！乜話！買 $7 嘢畀 $1000？你玩嘢呀八婆？

佢：對唔住呀阿姐，提款機淨係畀一千蚊紙我～

賣菜阿姐：你唔識撳 $1000 㗎？一千蚊紙咪撚食菠菜啦！去酒樓食啦！

我繼續唔出聲。

佢又拍枱：我畀多次機會你呀！真係唔唱呀嘛？

我笑住回應：係呀～

佢：你因住嚟呀！我詛咒你呀！

講完，佢就離開咗診所。

阿姨年中應該好忙好唔得閒，個詛咒名單應該排到上火星…… 5.1K

有日，一位小姐手抱住隻狗仔嚟睇醫生。

出藥時，佢問我：姑娘呀，啲藥佢（狗狗）食唔食得㗎？

我：唔可以㗎～佢嗰啲要去睇獸醫㗎～

佢：佢呢幾日有少少鼻水呀，我懷疑係佢傳染咗畀我，仲以為可以一齊食添！

我：唔得㗎，人食嘅藥唔可以畀動物食～而且份量都唔同。

佢：大家都係感冒都唔得㗎？

我：唔可以呀，食獸醫開嘅藥啦，唔好自己立亂餵呀～

佢哄個頭去狗仔度同隻狗講：怕咩呀～你係我個仔嚟㗎嘛，都係藥啫～

咁你頭先問我即係純粹通知我啲藥會共用嘅意思嗎？

我：唔好自己亂畀藥佢食啦⋯⋯

佢：我當佢係人㗎！

我：人可以食洋蔥可以食朱古力，狗唔可以食㗎喎，唔通你又當佢係人就畀佢食喇喎？

佢：我有畀過朱古力佢食呀。洋蔥呀？吉野家嗰啲都有呀～

我：狗唔可以食呢啲㗎，你其實知唔知㗎？

佢：我有上網睇過人講，不過我都當佢係人，怕咩畀佢食啫～

佢又哄個頭去狗仔度同隻狗講：怕咩呀～你係我個仔嚟㗎嘛，我食得你都食得㗎啦～

我：唔得㗎……

佢又又哄個頭去同隻狗講：呢個姑娘好煩呀可？咩都唔畀，我哋拎完藥返屋企食藥啦。

好煩的我：你認真聽我講，真係唔可以亂咁畀嘢佢食，佢唔同人㗎……

佢笑笑：嗯，得啦，我搞得掂㗎喇～

你想搞掂隻狗嗎？ 💙 2.9K

有日一對情侶嚟到診所,男嘅嚟登記,女嘅面燶燶自己行去坐低。

到男仔登記完,個女就同男講:一陣你唔使出聲,我講呀!

男的默默點頭。

到佢入得去醫生房時,女嘅跟埋入去……

一入到去,醫生都未出聲問有咩唔舒服,個女仔已經同醫生講:醫生,我哋講明先,佢要四日假紙!

醫生轉轉筆:點解呢?

女:佢公司要四日病假先得!如果唔係佢要自己畀錢搵替工頂!所以你一定要開四日!

醫生望住個男仔:先生,你今日有啲咩唔舒服呀?

女搶答:痾嘔肚痛感冒咩都有,好嚴重呀!畀四日佢啦!

醫生:先生,你覺得呢?

男:有啲鼻水,有啲頭痛……

女:咩嘢有啲呀?點止有啲呀?你唔出聲得唔得呀?

醫生:小姐,病嘅係佢,佢自己先知自己咩事。

女:佢䟴起條尾我就知佢想點啦!啲人諗咩想做咩我都知呀!

係呀？如果我屙呢？你知唔知我急屎呀？

醫生又望住個男仔：先生，由幾時開始係咁？

男望住女，呢刻佢個眼神好似想唱 Forever 濃⋯Forever 濃⋯醫生係問你個病幾時開始，唔係問你女朋友幾時開始變成咁呀，振作呀先生！

女：問你嘢呀！答啦！

男回神：都幾日前⋯⋯

醫生同佢檢查完之後：感冒啫，開兩日病假畀你唞唞呀。

女嘅即刻彈起身：醫生你係咪老人痴呆呀？我話咗要四日㗎喎！

醫生：我開幾多日病假係睇佢嘅病況而定，唔係話寫幾多日都得。

女：我嚟得睇醫生真係畀你醫呀？我畀錢你都係要張假紙啫，你寫幾隻字就有錢收，唔好扮醫生喎！

小姐，佢真係醫生嚟，佢冇扮㗎。

醫生：四日真係冇可能㗎啦，感冒啫。

女：咁走囉！你唔寫自然有人寫㗎啦，又唔係得你一個醫生！再唔係打跛佢隻腳肯定有四日啦！

打跛佢何止四日呀…四個月都有可能得呀…先生，你人身安全受到威脅喎，你要唔要報警呀？

男嘅碌大對眼望住女朋友。

女一手捉起男朋友離開醫生房：扯啦！望咩呀？

係囉，望咩啫，再望打跛埋你對手呀，哅夠四年都得呀～ ♥ 3.6K

#61-88
診所低能奇觀4
FUNNY + CLINIC

case	symptom	是但人
#61	remark	

✎ 精神爽利嘅早上，一位女士推門入診所～

佢：未睇過，同我登記呀。

我：醫生 10 分鐘左右返到，而家同你登記咗先呀～

佢：你講乜話？

我：我話～醫生仲有 10 分鐘左右返，同你登記咗先，登記完你坐低等等呀。

佢：醫生唔喺度？

我：10 分鐘後喺度～

佢：而家冇得睇？

我：未有……

佢：咁你喺度做乜？

我：我？喺度同你登記……

佢標童了標童了標童了！！！

佢：醫生唔喺度你坐喺度有乜用呀？我嚟睇你㗎咩？我畀錢嚟睇你㗎？我睇完你就冇病冇痛㗎喇咩？你喺度做乜呀？

我：同你登記。

佢：登記有幾難呀？是但搵個人做就得啦！

我：我咪係嗰個是但人……

佢：醫生喺度先做囉。

我：醫生唔係是但人嘛⋯⋯

我哋靜咗足足 3 分鐘，女士你 Load 到個人物關係表未？

佢：醫生幾時返呀？

我：仲有 3、4 分鐘。

佢：係咪一返嚟就入得去睇得？

我：唔係⋯⋯

佢：點解呀？我唔係第一個咩？

我：講咗咁耐，你都未畀身分證我登記⋯⋯

佢：我見到醫生一定會投訴你！

你再唔畀我登記，你呢世都見唔到你仰慕嘅醫生大人呀～ 👍 10K

——— *comments* ———

> **Daisy Lam**
> 會唔會有種精神病叫：拒絕登記症？

> **珍寶豬**
> 佢最後投訴我唔同佢登記，幾風趣呀佢～

149

case	symptom	
#62	remark	性感一字馬

✎ 天氣真差～外面已經持續落咗一日雨……

診所又冇咩客，真係一個唔小心好易就咁瞓著咗～

突然一聲「哎呀～呀」，真係有尾音的。

坐喺登記位嘅我即刻企起身望下咩事，我見到有個阿姨性感一字馬……

咩事呀？我太眼瞓有幻覺呀？

我：阿姨，你仆…跌親呀？

阿姨目露兇光大咆哮：唔通拉筋呀？

對唔住，我知錯了，我講咗人生中第 N 次廢話……

我即刻行出去扶阿姨起身，並問：你冇事嗎？

阿姨又咆哮：你話呢？

…我點知你啫，你條筋又冇答我。性感一字馬小筋筋應下我啦好冇呀？佢好高竇呀唔應我呀！

阿姨指住地下：你笪地呀！

係，我笪地點？笪地冇裂呀！你放心呀！

我：OK 呀冇事呀佢……

阿姨：你笪地搞到我蹬咗喺度呀！成灘水呀！

邊度有水呀阿姨，你頭先性感一字馬順便吸走埋灘水呀？咁好手尾你都算人中之龍啦！

我：冇水喎。

阿姨：呢度呀！你望下啦！

我可能有啲白內障啦，醫生，寫紙畀我去眼科呀！

點呀？

你笪地呀！

我：我其實就真係望唔到你講嗰灘水⋯⋯

阿姨：你睇下我鞋底濕㗎喎，所以我先躂低喎！

阿姨，你可唔可以自愛一啲？唔好不停 Show me your 智商下限好不好？

我：出面落雨⋯鞋底當然會濕啦⋯⋯

我忠勇嘅眼神大概已經話咗畀阿姨知「柒頭想搵食就行遠啲」。

阿姨冷冷回應我：唉，冇嘢啦，遇著個講唔明嘅，當我黑仔啦！

之後佢就離開了。

想呃我？冇咁易！你不如話你條筋鬆得滯好過啦，我幫你扑返硬佢！ 💗 5.4K

case	symptom	不沖廁的女士
#63	remark	

有次，有位女士要驗孕～

我畀咗個樽仔佢：去洗手間留少少小便呀，唔使多㗎。

佢：OK！

十幾分鐘之後，佢終於返嚟了。一入到嚟，佢就坐低～

我：小姐，你唔係要驗孕咩？

佢：係呀。

我：咁小便呢？

佢：喺廁所呀。

我：…你要拎畀我㗎喎？

佢：吓？要我自己揼上嚟㗎？

揼乜呀？？？

我：我咪畀咗個樽仔你嘅？直接屙少少落樽㗎喎？

佢大感驚訝：吓？咁我咪要掂到自己啲尿？

我：屙準啲咪唔會…我畀你個樽呢？

佢：你去廁所揼啦，我未沖㗎。

我揼你條命呀！ 😱 8K

case	symptom	我是屎忽鬼
#64	remark	

一早開工,有個婆婆入嚟登記～

我:醫生仲有20分鐘先返,你可以坐低等等或者出去食啲嘢都得～

婆婆行去醫生房門,將耳仔貼近門,又敲敲門:醫生,醫生呀,醫生……

我:醫生未返呀……

婆婆:我聽到有人講嘢呀!

係呀,我講嘢呀嘛～

我:醫生唔喺房呀,未返到嚟呀～

婆婆繼續貼住隻門:醫生…醫生…醫生我喺度呀～

係呀,我都睇到你喺度。

我:婆婆,一係你坐低等等呀～

婆婆:我又聽到有人講嘢呀!

喂?我喺度呀?我哋係咪玩緊透明遊戲呀?

我:婆婆?

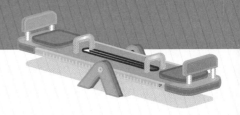

婆婆：有人講嘢呀！

我：……

婆婆：醫生～醫生呀，睇埋我先食嘢啦，我好～辛苦呀～

我：醫生唔喺度呀……

婆婆：又有人講嘢啦！

妖！我係咪自己死咗變咗臀部靈魂而我自己唔知呀……

case	symptom	價格調整
#65	remark	

有一年新年後，診所價格調整，即係加價，加咗二十大元，已經喺診所當眼處貼晒大字報通知病人。

有位小姐睇完醫生拎藥收錢時，聽到價格上漲後，反應異常激烈：喂！加咗價唔使出聲㗎？

…你想我點出聲？每位病人入到嚟登記嗰時講：「Hello 呀！本診所由今日起加咗價啦，仲睇唔睇呀？」

我：我哋有貼通知出嚟嘅，就喺你眼前……

小姐：盲嘅點睇呀？

估唔到你為咗嗰 $20 就屈自己盲，在下深感佩服呀。

我：如果對方係有特別狀況，我哋自然會口頭上通知聲嘅。

小姐：幾時加價㗎？

我：今日開始加嘅，通告上都有寫呀。

小姐：我好日唔嚟睇，一嚟就話加價又會咁橋㗎囉！

遲來一秒鐘，遲疑一秒鐘，從迎接你變做目送。遲來一秒鐘，沿途經過和結局其實太不同～

定係要我唱⋯這陷阱，這陷阱偏你遇上？

好奇呀？加價嘅嘢係咁㗎啦！係咁突然㗎啦！係得老闆加人工先要早幾個月話你知，要你幾個月前就好好感謝佢酬謝佢咋嘛！

我：咁真係今日啱啱先調整收費嘅。

小姐：收返舊價唔得呀？

咁貼紙加價嚟做咩呀？

我：唔好意思呀，唔可以咁㗎～其他病人都係畀新價㗎嘛⋯⋯

小姐：淨係我一個收舊價囉，我 OK 㗎！

憑乜呀？請問小姐你是老闆誰人啊～定係你已經過咗 65 歲呀？

我：唔好意思，新價係人人都照跟嘅。

小姐：你好意思收多我 $20 咁乞衣㗎喎！

你又好意思因為嗰 $20 同我拗呢下勁喎～

我：診所要加價唔到我話事，我都係打工啫。

小姐：我夠係打工囉，打工大晒呀？

我：咁你仲要唔要張病假紙請假呀？唔要嘅話，我同你取消咗佢，你可以藥同假紙都唔拎㗎喇。

小姐：你都黐線，邊個話我唔要呀？畀你囉！

妖那星，係要人咁對你嘅！ 6.8K

診所好多人～坐到爆一爆～由朝早 9 點半開始做做做……

做到 10 點半，有個好 MK 的 MK 行埋嚟問我：幾時到我呀？

Hi，先生，你是阿誰啊？

我：你叫乜名？

佢：XXX

我攤晒已登記嘅排版都搵唔到佢名：咦，先生，你係幾時登記㗎？
我搵唔到你個排版……

佢指一指遠方嘅櫈：我坐咗喺嗰度好耐……

我抬頭望一望就冧嘅天花：你齋坐呀？

佢又指一指遠方嘅櫈：頭先坐喺嗰度個阿姐都睇完走埋，我跟住
佢入嚟嘅！佢都係坐喺度……

我低頭望一望自己裂開嘅心：先生，我哋係要行埋嚟登記咗先嘅～
有啲人係登記完行咗出去，之後再返嚟等～

佢：咁幾時先到我呀？

我：我而家同你登記先啦～而家登記嘅排第十四個～

佢：我坐咗喺度等咗成半個鐘，仲要再等呀？

我：係呀～咁你而家先登記嘛……

佢：我一早坐咗喺度，你唔嗌我入去？

Hi，先生，你是阿誰啊？ 👍 4.9K

case	symptom	阿楊
#67	remark	

電話響起,對方係一位男士。

我:你好,乜乜診所。

佢:早晨呀,我想搵醫生呀!

我:請問邊位搵醫生?醫生睇緊症,唔方便聽電話,有冇口訊留低?

佢:我搵醫生呀!

我:我知呀,請問你係邊位?我幫你話返畀醫生知你搵佢~

佢:你同佢講,佢就知㗎喇!

咁你都要同我講你係乜水㗎?定係醫生你最近開始玩心有靈犀一點通?

我:你唔講我知,我唔會知點講畀佢知⋯⋯

佢:阿楊呀!我係阿楊呀!

我:好嘅,我會話畀醫生知你搵過佢㗎啦~

收線後,我同醫生講:頭先有位叫「阿楊」嘅打電話嚟搵過你~

醫生:邊個嚟㗎?有冇留電話呀佢?

我:冇呀,佢話一講係佢你就會知係邊個,我以為你老友⋯⋯

醫生：咁由佢先啦，有緊要嘢自然會再打嚟。

果然，阿楊 10 分鐘後再打嚟～

佢：喂？又話打返嚟我嘅？
我：我同咗醫生講，但係醫生唔知你係邊個呀……
佢：搞錯呀！我噚晚先送完錢嚟佢使！

你係病人嗎……

我：你係咪噚晚睇完醫生呀？你有啲咩事要搵醫生呀？
佢：係呀！我想叫佢寫多日假紙畀我呀！

……………………………………妖。

我：咁你親自嚟見醫生啦～
佢：你畀佢電話我！我自己同佢講！
我：唔好意思，醫生真係睇緊症呀，你要假紙嘅都要嚟見醫生㗎～
佢：同你講嚟都浪費晒我啲時間呀！你畀佢電話我，我自己同佢講！

我：醫生電話號碼，你嚟到自己問佢拎啦～

佢：拎個電話都好似強姦佢咁，冇嘢啦！我自己嚟！煩到死！

嘟。

醫生，阿楊要走嚟強姦你、就地正法你喇，你條皮帶好扣入兩格喇～ 💗 5.9K

有日，有班拖住篋加拎住一袋二袋嘅大媽入到嚟診所～

其中一個行埋嚟問：你呢度有冇嗰隻乜嘢生子宮頸癌針打呀？

其他大媽就踎埋一角，喺度肢解啲戰利品。

我：預防嗰隻嘛？有呀，不過要訂嘅，而家未有貨。

佢：冇得即刻打呀？咁冇嘢喇，我趕住要呀！

趕住要咩呀？你今晚破處呀？

佢行返去肢解現場，肢解區有好多包裝盒呀包裝袋四散一地咁啦～

待破處的大媽問大媽團：搞掂未呀？

大媽團：就得喇，執埋啲洗頭水就得喇！

一個又一個嘅篋關上，處女大媽領軍大叫：好！走！

我嗌住佢哋：喂！你哋啲垃圾呀！

處女大媽：你拎去當紙皮啦，有人要㗎喇！

說罷，大媽團絕塵而去。

佢肯肯定趕住返去拎地拖棍破處…有冇諗過碌地拖棍嘅感受呀？

😵 2.9K

case	symptom	共用一膏
#69	remark	

✎ 有日，有位叔叔嚟睇醫生～

咁就拎咗支痱滋膏嘅。

之後過咗一星期，叔叔打電話嚟：喂？診所呀？

我：係呀。

叔：我上星期嚟睇過㗎～我叫乜乜乜，覆診卡號碼係乜乜乜乜。

我：係～乜事呢？

叔：醫生咪畀咗支藥膏我嘅，我愈搽愈紅，今日仲有啲黃黃地色嘅嘢咁。

我：係呀，有支痱滋膏呀，你不如過嚟畀醫生望下吖？

叔：係呀，我喺大陸呀，要過兩日先返嚟呀，你可唔可以幫我問下醫生支藥膏仲用唔用得呀？支藥膏都係剩返少少咋。

我：你個口仲好痛？啲痱滋冇少到？

叔：冇好過呀！仲生到去第二度！

我：生咗去邊度呀？

叔：生殖器官個頭度呀，頭先我咪講咗！

我肯定你冇講過，你唔好蝦我老人痴呆呀～

我：你拎支痱滋膏搽埋下體呀？

叔：係呀！

你又環保慳家得幾可愛⋯⋯

我：兩樣嘢嚟㗎，你痱滋膏淨係用嚟搽口㗎咋～

叔：咪又係口！我見佢有紅點，我日日都用鹽水浸㗎！

我：你返嚟睇醫生啦，或者你喺大陸睇咗先啦～

叔：火酒或者白花油得唔得呀？

⋯JJ 前世你做錯咗啲乜⋯搞到今世要跟個同你敵對嘅主人？ 3.8K

―――― comments ――――

Max Jacob Kwan
白花油搽龜頭？又美麗又涼快～～

蕭寺穎
絕子絕孫膏。

Tungg Yuen
乜佢個口生咗喺 JJ 度？

case	symptom	針筒
#70	remark	

有日，一個講唔咸唔淡廣東話嘅女士拎住部電話 Show 張相嚟到問我：你有冇呢啲針筒賣？

我：冇呀。

佢：你知唔知邊度有呀？

我：藥房應該有得賣嘅。

佢：我問過啦，佢哋得個筒，冇針頭。

我：咁正常嘅，都冇咩人會要埋個針頭～

佢：你可唔可以畀幾個針頭我呀？

我：你要嚟做咩呀？

佢：我畀錢你買，要講埋你知我點用㗎？

關心下你啫～我點知你係咪拎嚟撩鼻屎嗰～

我：針頭我哋唔會畀人㗎。

佢：你都唔要㗎啦，畀幾個我啦，我畀錢你買呀～

我：冇呀，我哋當醫療廢物㗎。

佢：都唔要㗎啦，你畀我啦，我幫你掉咗佢呀。

辛苦你喝，我其實仲有其他嘢唔要，你要唔要幫手呀？例如垃圾桶入面有幾條屎尿片……

我：我哋唔會畀㗎，係一定唔會畀。

佢：你畀我啦，我唔講畀其他人知啦。

我冇理佢，繼續做我嘅嘢～

佢誓死唔放棄咁款：畀一個半個我啫，舉手之勞，自己人幫幫手啦～

自己人？邊度有自己人？

佢：喂，小姐小姐，你聽唔聽到我同你講嘢呀？

我：我聽到，不過我唔會畀嘅～你走啦……

佢：針筒畀幾個我，你會冇忽肉㗎？

如果會冇忽肉，我一早畀足幾千個你啦！插到你嗌唔要噃呀～你嗌啦，即管嗌啦～

我：你走啦，我幫你唔到㗎喇。

佢掉低一句：死 Cheap 精。

咁就吔塵走了～ 3.1K

case	symptom	蕩女定肉女
#71	remark	

電話響起～

對方係一位女士：喂？

我：早晨，乜乜診所～

女士：姑娘你係女嚟㗎可？

…好似係。

我：係呀。

女士：問你啲女人嘢得唔得？

我：有乜都最好問醫生啦……

女士：你答你個人觀感得㗎喇。

我：乜問題呀……

女士：你唔著 Underwear 會唔會好蕩？

乜話？呢個乜問題嚟㗎？邊度蕩呀？大髀肉蕩呀？

我：我完全唔明你問乜…你有乜都係嚟睇醫生啦～

女士：挑！扮晒純情玉女！

嘟。

乜叉嘢事呀？晨早流流撩交打呀？ 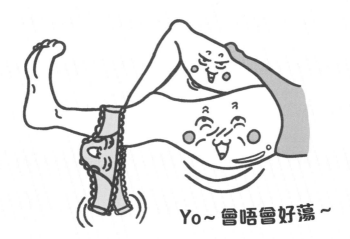 4.1K

Yo~ 會唔會好蕩~

―――― comments ――――

Mary Chang
佢子宮下垂跌咗出嚟蕩呀？

Kelvin Lui
大家姐應該幾樂意答佢～

珍寶豬
邊個淫蕩呀你淫蕩！

case	symptom	野蠻人
#72	remark	

有日，一個叔叔睇完醫生拎藥。

佢望咗啲藥好耐好耐……

我：係咪有邊度唔明白呀？有邊隻藥唔明點食？

佢：我想問……

我：係～請講～

佢：啲藥係咪隻隻都唔同？

我：包包唔同嘅，藥效都唔同～

佢：咁佢哋厚度係咪都一樣？

………我平時冇研究開，多數只望形狀同顏色，原來已經進展到要度埋有幾厚嘩？係我唔啱，係我唔夠敬業樂業。

我：都應該唔同嘅……

佢：咁點食呀？

擺入口，飲啖水，咕一聲，吞晒佢。

我：就咁吞囉？

佢碌大對眼好詫異咁款望住我：吓？

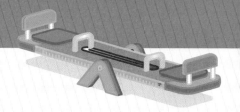

我：吓？

佢：好似牛扒咁都有分三、五、七成同全熟，即係 Medium Rare、Medium、Medium Well 同 Well Done 咁分啦，如果唔係點食呀？

媽呀，我好大壓力呀，我唔撈啦～食藥如鋸扒，你擺明留難我啫！

佢望住我：你答唔到我呀？

我：我平時生食開……

佢：係 R-A-W。唔會有人講生食咁野蠻，係 Raw。

我唔撈喇我唔撈喇我唔撈喇，醫生你快啲補一個月人工畀我做心靈創傷費，你啲病人好唔正常，我好大壓力。

我：………

佢：咁你啲藥點食？

我：…Raw 住咁食……

佢滿意地點頭了。

我覺得我份工好大壓力。 ♥ 5.8K

171

case	symptom
#73	視姦
	remark

有日,一個舊症嚟到:我想配平安藥喋,同我配一星期呀~

我:好的~麻煩覆診卡號碼呀~

拎咗排版後,我:平安藥會有止暈止嘔止肚痛止瀉頭痛發燒止咳同收鼻水抗敏感嘅~係咪配一星期?

佢個表情好疑惑:得呢啲咋?

我:你會有啲咩藥係需要配埋?

佢:咩都執埋落去啦,你診所有咩藥就畀埋我啦。

我:其實最主要係睇你需要呀,我哋診所有好多藥你都應該唔會需要食嘅。

佢:意外嘅嘢,意料之外嘛,我點知我去旅行期間會發生咩事呀?你有啲咩就執晒落去啦,唔好咁煩啦!

我:去旅行最基本係我頭先講嗰啲嘅喋喇,都係離唔開水肚不服有幾聲咳又有少少鼻水咁。

佢:Er……

我:如果冇其他需要,我就配份基本平安藥畀你喋喇?

佢:你執埋一星期事後丸落去吖!

我:吓?

佢:係呀,我唔知會唔會咩喋嘛~

我:事後丸唔可以咁食喋,你不如考慮到時用其他安全措施吖?

佢:你執定畀我啦,我點知到時咩環境喎,唔到我話事喋嘛,你唔會加錢喋嘛?

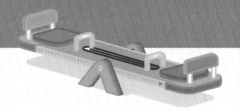

我：事後丸係額外藥物呀，會逐劑計㗎。

佢：平安藥點解唔包事後丸呀？唔係保平安咩？

你不如去買保濟丸啦咁，大大樽好多粒，抵食好多呀！

我：事後丸呢啲唔當係平安藥㗎，而且要見醫生先可以拎，唔可以就咁配，一係我幫你登記，你入去問咗醫生意見先啦。

佢：唔制呀！我配藥㗎咋，你唔好諗住借啲意收埋我診金呀！一係你就咁畀一星期事後丸我啦，其他我拎屋企啲成藥去啦！

其實你一早就只想要事後丸，對不？去一星期，無套真快感足一星期，食足一星期事後丸，女呀～做女仔要好好保護自己呀～

我：我都講咗，要事後丸係一定要見醫生～

佢：嘖！我去藥房買算啦！我費事畀啲藥房仔眼望望先諗住嚟呢度配啫，你成日借啲意要收我診金，我不如去畀班藥房仔視姦好過啦！嘖！

人哋唔係視姦你，係覺得你一次過要七排事後丸好犀利啫～都五十幾歲人啦…邊鬼個得閒視姦你呀…… ♥ 4.2K

充滿不幸的叔叔

打完風後風和日麗的一天……

一返到去已經有個叔叔熱切期待我開門～

我匙都未插，叔叔已經開口：你哋噚日做乜唔開呀？

我：打風嘛！

佢：你咁驚死㗎咩？

醫生怕死又同你講咩～

我：係醫生話唔開嘅～打風留喺安全地方嘛～

佢：區區一個風有乜咁唔安全呀？你行出街分分鐘成架車車死你啦！我見唔少啦！喺我面前就咁死都大把呀！

哇！喺你身邊嘅人原來都會充滿不幸㗎？你行遠啲得唔得呀？我唔想喺你面前死呀～ 👍 3.1K

comments

Alex Kuok
佢係柯南？

珍寶豬
佢係屙屎。

175

case	symptom	炫耀姨
#75	remark	

有日一早開門，一位姨姨嚟到：姑娘！救命呀！

一早就咁刺激？

我：咩事呀？

佢：我頭先出門口前同男朋友愛愛咗呀！

你在炫耀自己一早有愛做嗎？有腸食，叻啦叻啦！

我：咁你想我點幫你呀？

佢：我而家下面好痛呀，好似俾火燒咁！

我：咁你都要等醫生返嚟先，醫生而家未返嘅，你等大約半個鐘啦。

佢：等得嚟我下面會唔會爛㗎？

你哋玩過咩嚟會玩爛埋隻鮮鮑呀？落咗大量美極醃鮑呀？

我：唔好嚇我喎，有冇咁化學呀？

佢：好痛呀！

我：一係你去第二間診所望下有冇醫生返咗先啦。

佢：我下面痛到郁唔到啦！

我：趁而家得我哋兩個，你介唔介意話我知你做過咩嘢搞到咁痛？
等我睇下我醫生值唔值得你等待……

佢說話時帶點面紅，加啲嬌嬌的表情：我男朋友嗰度太大啦，我
又太窄…咪痛囉～

阿姨，你自己講完唔笑嗰下好嘢呀～好百厭呀你！

你繼續等下啦咁…… 3.1K

case	symptom	說好的仁醫呢
#76	remark	

有日一位小姐拎住一張醫療卡，好順口咁講出身分證號碼登記。

我望一望排版，資料顯示係位先生嚟喎。

我：小姐，請問登記本人到咗未？

小姐：我？到咗啦！

我：唔係喎，呢個身分證號碼係一位先生嚟喎，你係咪講錯咗身分證號碼？

小姐推張醫療卡上前：你照同我排得唔得呀？

我：Er…點解呢？

小姐：佢未返到呀，我幫佢睇住先呀！

我：吓？唔得咁呀，要佢本人先可以用佢自己名睇呀。

小姐：代診都唔得？

醫生有代診我就知啫，而家進化到病人都代診？

我：唔得呀，你只可以用你自己真正身分睇醫生。

小姐：佢一定要張假紙㗎，我睇完張假紙寫佢名又得唔得呀？

我：唔得呀。

小姐：咁又唔得，咁又唔得！咁你話我知點先得啦！

咩都唔 L 得。人嚟,送客!運桔嘅,客都唔係呀!人嚟,送桔!

我:佢自己親身嚟睇先得呀。

小姐:佢嚟到我就唔使嚟啦!

我:呢個我哋幫唔到你呀~

小姐指住牌匾:咁你就唔好掛個「仁醫仁德」出嚟啦!

佢一掌拍落枱再拎返張醫療卡離開診所。

仁醫仁德要包埋呢啲㗎?醫生好忙呀~ 💙 2.5K

case	symptom	咒語
#77	remark	

診所有一個好可愛嘅婆婆～

佢每次都一早嚟到，每次都講：**我唔睇醫生呀，冇乜錢呀，我想醫腳痛醫頭痛，呢度都好似有啲痛呀，呢度都係呀……**

我哋提議過免診金，不過佢都無動於衷，照舊久唔久就嚟重複重複又重複咁講呢度痛嗰度痛～講完覺得悶兼冇新意就自己走…我諗佢應該係冇痛嘅，只係覺得悶悶地想撩下人講嘢，因為佢好健步如飛～

有日佢照舊：**我呢度痛呀，呢度都痛呀，仲有呢度呀～**

我問婆婆：**你想唔想唔再痛呀？**

婆婆：**想呀想呀！**

我：**咁你同我一齊唸咒語啦～**

婆婆靜了。

我攤開雙手：**媽哩媽哩 Home！**

婆婆繼續靜咗 30 秒以上，之後笑住攤開手：**媽哩媽哩 Home！**

我：**仲有冇咁痛呀？**

佢冇回應我，又健步如飛咁走咗～

之後我哋繼續維持咒語健身操，每次都係好九唔搭八嘅咒語……

例如：

今日食咗飯未～

士多啤梨好好味～

有冇買橙食～

而家婆婆嚟到診所已經冇再講呢度痛嗰度痛，變咗問：今日我哋講乜呀？

佢已經變到期待我嘅新咒語…… 6.4K

媽哩媽哩 Home！

—— comments ——

Ankie Ma
教佢講「派派邦邦，普哇普哇普」阿婆講會好 Cute ～

case	symptom	好戲之人
#78	remark	

有日，一個媽媽同個小朋友嚟睇醫生，真係好小，十歲都未夠嗰啲～

睇完醫生就到拎藥畀錢，媽媽推一推個小朋友過嚟：自己搞掂呀！

小朋友依依不捨不停回頭望媽媽。

媽媽：我唔理你呀！

小朋友行到埋嚟，我：小朋友，你自己一個聽啲藥點食，係咪冇問題呀？

小朋友點點頭。

我：咁好啦，唔記得嘅話都可以睇下藥袋上面寫咗嘅嘢，有寫明一日食幾多次，幾時先需要食嘅，明唔明呀？

小朋友點點頭。

我講完啲藥點食之後，就收錢：呢度 $280 呀～

小朋友擰轉頭望媽媽：媽咪，要 $280 呀……

媽媽：你自己搞掂啦，你病呀嘛，又唔係我病！

小朋友拎出衫袋仔入面啲錢，伸長雙手舉高啲錢畀我：姨姨，我

得咁多咋⋯⋯

我數一數，玩我呀？有大富翁錢 $1000 一張，另加兩張港幣 $20。
即係得 $40 咋喎⋯⋯

我：Er⋯仲爭 $240 呀～小朋友呢張玩大富翁嗰時先可以用㗎，
我畀返你呀。

小朋友舉高手接收返張 $1000 大富翁錢，行去媽媽度。

媽媽又推開小朋友：我冇錢呀！冇錢畀你呀！

小朋友開始喊出聲⋯⋯

媽媽：喊咩呀你？要喊都係我喊呀！我係咪要喺你面前喊畀你睇
呀？你可唔可以死咗去算呀？

我係咪聽錯嘢？

媽媽：你死咗去啦！二百幾蚊又冇！問你老豆拎錢又拎唔到！你
書都唔好讀，人都唔好做啦！

小朋友愈喊愈大聲，我又衰衝動行咗出去畀紙巾小朋友：太太，佢已經唔舒服又喊到咁，不如算啦⋯⋯

媽媽：我教女關你咩事啫？

我：咁你喺度鬧都影響到醫生睇症嘛，不如有咩都畀個小朋友返屋企食咗藥唞完先再講啦⋯⋯

小朋友喊住同我講：姨姨，我冇錢係咪冇得食藥⋯⋯

媽媽搶答：係呀！你可以去死啦！

我：嗰二百幾蚊我畀！你而家即刻同我帶個小朋友返屋企食藥休息！你唔好再嗌佢去死好冇呀？

佢哋離開後⋯⋯

我以為自己好型咁行返入藥房，點知醫生轉個頭同我講：呢位太太已經唔係第一次係咁，你冇睇排版咩？

我望望排版入面，冇嘢呀：排版入面有啲咩呀？

醫生：後面呀。

我反去後面睇⋯「小心利用同情心」⋯⋯

醫生：上幾個姑娘都中過嘅，中一次就醒。

我：醫生，點解你頭先唔講定我知呢？

醫生：因為我見你中咗先記起係佢。

我覺得醫生你係想食花生多啲囉…… ❤️ 3.5K

case	symptom	姑娘借眼
#79	remark	

有日醫生睇睇下症嗌：姑娘借眼～

我明明記得頭先入去嗰個係先生嚟，借咩眼呢……

我入到醫生房搵個靚位企，醫生向病人講：得喇先生，你可以繼續喇。

佢除咗條褲：嗱，醫生，就係咁喇～

醫生望一望亦解釋：如果你勃起時包皮可以退到後，露出成個龜頭嘅話，咁其實係冇問題㗎。

企喺度嘅我，仍然好疑惑點解要叫我入嚟睇 JJ……

佢：咁使唔使我硬界你睇呀？

哇，唔使喇啩，呢度有個女喺度喎，我喎。

醫生：唔使，你平時勃起時包皮退唔退到後呀？

佢：我都唔肯定有冇完全退晒，不如我而家硬界你睇啦～

先生一手揸 J，另一隻手撳住枱面。我嘅視線好唔自然咁射上天花板，扮下研究光管 Watt 數……

醫生：或者你可以返去自己留意，下次勃起時包皮有冇覆蓋住成個龜頭，甚至覆蓋到尿道口位……

佢：你畀啲時間我，我需要啲時間硬，因為我唔係咁易硬到嘅人嚟，如果有啲嘢可以刺激到我會易啲……

火酒夠唔夠刺激呀？畀埋打火機你吖？

醫生果然係醫生，繼續好淡定：呢啲急唔嚟嘅，你可以遲啲再嚟，或者我可以寫定轉介信畀你都得。

佢：我睇過兩個醫生㗎喇，佢哋都話我塊皮割唔割都得，我想聽埋你意見呀，你唔好講嘢住，畀我硬咗先講啦～

佢望住醫生，揸住條 J 講：你畀啲刺激我呀！

我明醫生點解叫我入嚟借眼了，我終於明我入嚟嘅存在意義係乜喇！有人想吼咗醫生呀，醫生真命苦呀你～做醫生果然唔簡單，真係眾人之靶呀～

我：咳咳，先生呀～

佢望住我：咩事呀？

我：唔好意思，出面有好多症等緊醫生，你介唔介意返屋企先慢慢硬呀？

醫生點頭。

佢：一係我等醫生睇晒啲症再入嚟呀？我想今日解決呀！

我：包皮呢，就冇得即刻割嘅，你都要去專科做㗎啦，都要約期㗎，乖～出去等拎轉介信～

我行近門口，捉住門鎖：唏～爽啲手啦，我開門㗎喇～

先生急急著返褲，行出去：姑娘你真係好乞人憎……

多謝。我都知阻人打飛機好衰㗎喇～送支火酒畀你刺激下當賠罪啦，咪嬲啦衰嘢～ 💙 3.7K

✏️ 有日一位先生睇完醫生，出藥後……

佢：哎，我好似唔記得帶銀包。

我：噢？咁你要拎咗錢返嚟先可以拎藥走呀～

佢：但係我睇咗醫生喇喎。

我：我知，藥喺我度～

佢：我趕住返公司報假㗎，我唔睇都睇咗啦，你畀住張假紙我返公司交咗差先啦！

你以為我唔知你眼中只有假紙咩？你呢個忘恩負義嘅人…你根本望都冇望過我…啲藥。

我：公司規矩～一定要收咗錢先可以畀藥同假紙收據你嘅。

佢：我…我…有誠意返嚟㗎，你信我呀！

我：咁公司規矩嚟～你返去拎錢啦。

佢：我…未出糧，我拎唔到張假紙返去，我糧都冇得出㗎，我…我好有誠意㗎，你 Feel 下吖，吓？

請問點 Feel 呀？

我：你同我講真係冇用…我打工㗎咋……

佢：我都係打工，我好明白你處境，我都有好有誠意咁想你幫下手……

我：唔好意思，我真係幫唔到手，或者你問朋友借錢啦。

佢變臉了：嗰幾百蚊你都冇，死咗去啦，我講到咁，你都唔幫，下個就到你俾人炒㗎喇！

呸，咁大個人幾百蚊都冇，真係唔得你去死囉～返去返工啦～ 4.3K

———— comments ————

Phoenix Chan
拎把刀指住張假紙，大叫：「快啲拎贖金嚟，唔要大紙唔要新銀紙唔要連Number，唔收神沙大餅！」

Manchiii Lee
醫生，誠意找數要點計法呀？

Shirley LO
佢好有誠意……走數！

symptom	口服與塞
remark	

有日一位後生仔，仲幾靚仔下嘅嚟到診所，好順利咁睇完醫生就等拎藥。

今日我出藥，正啦！有後生靚仔睇下養下眼，又可以乘機噓寒問暖喇～

我：乜乜乜可以拎藥喇～

後生仔除低單邊耳筒：係～

我：呢啲就每日四次，每次一粒嘅，四個鐘食一次得㗎喇，而呢包係通便藥，臨瞓前食一粒就可以喇。

佢拎起包通便藥細心望：呢包咩嚟話？

我：通一便一藥——

佢：做咩畀呢啲嘢我呀？

我望望排版：你…話去唔到幾日嘛？醫生咪開畀你幫助你去廁所囉～

佢：都唔需要開到呢啲畀我呀？

唔係開咩畀你呀？你係咪想要甘油條呀？定要屎忽泵呀？估唔到你迷戀被塞的快感……

我：幫助排便我哋最主要都係用口服呢隻，多數食完第二朝就會有得去廁所㗎喇～

佢：半夜三更瀨屎點算呀？

喂，你靚仔嚟㗎！點會瀨屎呀？個天妒忌你妒忌到屎都唔畀你屙啦！

我：唔使咁擔心，藥力未去到瀉…只係幫助腸臟蠕動啫……

佢：我唔食得唔得呀？

我：你可以自己決定嘅，開就開咗畀你，食唔食你話事啦…你覺得有需要先食都得㗎～

佢：其實可唔可以擺喺入面等佢溶？

我一早睇穿你想塞㗎啦，我一早估到㗎啦！Call me 偵探豬！

我：塞肛呢就另一隻嚟嘅，你係咪要換塞呀？

佢：呢隻塞到嘅就唔使換咁煩啦！

忽 U 玩嘢呀？你幾時見過有藥可以口服又可以塞屁股㗎？

我：唔得呀，吞落肚還吞落肚……

佢：咁由佢啦，我估唔到咁唔 User friendly……

我突然對塵世間所有靚仔都冇興趣喇…… ♥ 6.2K

case	symptom	
#82	remark	1878200

電話響起～

一位女士：喂？

我：早晨～乜乜診所。

佢：姑娘呀，病係咪要戒口呀？

我：吓？

佢：病～係～咪～要～戒～口～呀？

我：Er…咩病呀？

佢：傷風感冒咳～

我：食清淡少少都可以㗎喇……

佢：咁～糖～呀～汽～水～呀～係咪都唔可以呀？

我：其實西醫又冇咩叫戒口嘅，有胃口食下都冇咩所謂，自己衡量都可以。

佢：哦～唔～食～得呀？係啦係啦，唔食得㗎！

喂？喂？喂？你係咪同我講緊嘢？點解我哋好似喺唔同嘅時空咁嘅？

我：……

佢：咁～煎～炸～嘢食唔食得呀？

我：小姐呀，不如你畀一畀你覆診卡號碼我，我幫你睇睇你咩事，睇下係咪有需要注意飲食？

佢：哦～唔～食～得呀？係呀～唔食得㗎！

我：喂？小姐？小姐？你係咪同我講緊嘢㗎？

佢：唔食得呀！咁冇得食喇喎！係㗎，唔好再問我食唔食得喇！姑娘話唔畀食呀！食咗就要拮好大枝針㗎喇，姑娘係咪呀？

唔係，唔係，唔係，唔係，唔係。

佢：係呀～姑娘都咁講呀～

之後傳嚟一位小妹妹嘅大喊聲……

…嘟。

我覺得自己好似一個避孕套…俾人用完即棄…點解你唔打去聽天氣報告扮同醫生講電話？

你係咪唔知天氣報告幾號電話呀？1878200呀！ 2.9K

case	symptom	誰偷走我的屁股
#83	remark	

喺好耐之前，我做嗰間診所仲有用小朋友肛探針，但又未有用耳探機……

一個後生小姐帶住一個囡囡嚟登記睇醫生～

小姐：佢要探熱呀，應該有發燒。

我為肛探針套上膠套再抆上一篤凡士林再交畀小姐：好呀，擺入 Pat Pat 度得㗎喇～

小姐拎住枝針呆咗一陣：你要我擺去邊話？

我：Pat Pat 入面呀。

小姐大感詫異：入面？

我：係呀，一係你畀枝針我，我幫小朋友探呀～

小姐收起枝針：咪住先！你講清楚先！點樣擺入 Pat Pat 入面呀？

我：就咁放入去……

小姐對眼放到好好好好好大：咁細個就要拮穿佢？

你講緊乜呀？拮穿啲乜呀……

我：Er…我唔係好明……

小姐：佢兩歲咋喎！

我：你話要探熱嘛？

小姐：擺第二度囉！你有乜可能擺枝咁嘅嘢落佢 Pat Pat 度？佢一陣夾斷咗整花咗個 Pat Pat 或者整穿咗，你賠返畀我呀？

原來你垂涎我個大屁股……

我：小朋友趴喺你大髀放鬆就得㗎喇～

小姐：莫講話危險！咁細個就拮枝咁嘅嘢入去，大個仲使見人嘅？

我：但係佢…應該之前喺健康院檢查都係用肛探呀～我哋細個都係用肛探㗎，大咗先用口探咋嘛。你平時帶佢去檢查唔係都用肛探㗎咩？

小姐眼仔碌一碌。

係呀，你個 Pat Pat 都同樣畀嘢拮過呀～仲 N 次咁多㗎呀！

小姐：平時唔係我湊，我家姐今日唔舒服先係我帶佢嚟……

我：哦～肛探好平常㗎咋，唔使咁擔心嘅。

小姐：擺喺 Pat Pat 面度，唔放入去得唔得呀……

我：咁量唔到體溫呀～

小姐：安全㗎嘛？

我：枝針都幾硬嘅～定定地趴喺度 1 分鐘就得㗎喇～

小姐：好啦，即係都冇得揀㗎啦。如果斷咗整花咗我一定會投訴你。

係就係皺啲，唔好介意呀～

我畀我個大屁股你啦，你拎去啦～好冇？ ♥ 3.8K

絕情阿姐

有晚就收工,一位後生仔嚟到診所睇醫生。

睇完醫生拎藥後,佢望望張病假紙:喂,阿姐,張假紙唔啱數喎!

阿…姐?你嗌我呀?

我:點唔啱數呢?

佢:頭先我叫咗醫生盡寫㗎喎,呢度寫得一日咋喎!

我:咁即係醫生認為你只需要休息一日就可以啦~

佢:阿姐,你唔係咁玩我呀嘛?

阿姐唔玩嘢的。

我:我幫你去問下醫生係咪寫盡咗呀吓~

經過查詢後,確認假紙只有今日一天。好好珍惜呀~

我出返去同佢講:冇錯呀~醫生係寫一日畀你呀。

佢大嗌企圖嗌入醫生房:喂!醫生!盡寫喎!畀得一日我做得啲咩呀?

我：先生，你冷靜啲啦～

佢：喂！盡寫喎，你呢啲叫 Hea 我咋喎，畀得一日打發我？而家幾點呀？計埋都冇廿四個鐘算咩一日呀！我今次肯制，我仲使撈嘅？

我：醫生淨係寫到今日畀你咋～

佢：你嗌佢出嚟呀！唔好諗住 Hea 我呀！

我入醫生房，醫生擰擰頭：唉，我聽到啦，你同佢講如果今日病假紙都唔要就直接叫佢走啦，係佢自己話今朝有啲頭痛唔返工嘅，我唔寫今朝半日畀佢都已經好好人啦，我覺得……

我覺得你可以寫今朝半日㗎醫生，我個人立場嚟講好支持你㗎～

我又行返出去：先生呀～醫生話只係寫到今日畀你咋，你都係今朝有少少頭痛，醫生其實應該開今朝半日畀你咋，如果你唔接受張病假紙得一日嘅話，醫生話可以當你冇嚟睇過，直接走得喇喎～

佢：阿姐，你唔係咁玩我呀？全村都知開到最夜係你呢度㗎啦！你叫我走我仲可以去邊睇呀，阿姐？

你再嗌我阿姐呀～我就唔客氣！

我：咁醫生真係只可以寫一日病假畀你咋～

佢：喂呀，唔好玩啦阿姐，寫埋聽日啦，夜媽媽去邊睇喎…一日我真係唔要㗎喇，我寧願你撕咗佢喇阿姐～

撕～！

我：OK 喇，撕咗喇，你可以走喇～

佢擘大個口望住我。做咩啫，你嗌嘅，我認真你又唔歡喜呀？阿姐鍾意認真，好不好？

佢：喂～～～～～～呀～～～唔好咁啦，當我保你大啦，你畀返張假紙我啦……

我：你可以走㗎喇～

佢：呀～～邊度仲有診所開呀？

我：自己 Google 啦～

佢：喂～～呀～～

我：唔好意思，我哋夠鐘收工喇，麻煩先生出去啦～

佢：呀～～好絕呀你！

阿姐係絕啲㗎喇！姐吖嗱！姐吖嗱！ ♥ 4.5K

case	symptom	*Sayonara*
#85	remark	

✎ 有日診所爆晒症，一位先生嚟到登記～

我：你排第 11 個～

佢望一望診所內嘅環境，之後灑脫地離開診所……

到睇到第 7 個，第 8 個，第 9 個，第 10 個…第 15 個後，排第 11 嘅先生都仲未返嚟～終於！喺睇到第 19 個嘅時候，佢回來了！

佢一嚟到，就好轟烈兼睇唔開咁一嚟拍枱！好彩我張枱唔係雲石枱啫，如果唔係先生你準備去骨科打石膏都得喇……

我：先生，請問乜事咁唔冷靜呢？

佢：點解咁耐都未到我㗎？

我：到咗好耐，過咗幾個嗉喇……

佢又拍枱：有冇搞錯呀？我喺度等咗咁耐，我冇聽到你嗌我我喎！

敢問先生，你係咪齋留低咗隻耳仔喺診所…人就去咗出面等？

我：你…都唔喺診所入面～

佢：你見我唔喺度，唔識出去嗌我搵我㗎咩？

哦！原來你要我好似以前啲屋邨老媽子咁喺樓上窗口大嗌：「喂！衰仔返嚟啦！開飯喇！」

我：吓～我哋唔會出去嗌病人㗎～

佢：你行出去搵下好辛苦你咩？你淨係識坐喺度登記㗎？你癲㗎？哇…哇…哇…哇…哇…哇…哇…哇…你好曳曳呀～媽咪有冇教你講嘢唔畀人身攻擊呀？你咁樣唔乖㗎，唔得人鍾意㗎～

我：先生，你冷靜啲先啦，又唔需要講到咁嘅⋯⋯

佢：我喺出面數住走咗幾多個人㗎！過咗咁多個你都唔出聲！成幾十人出入，你淨係識坐喺度㗎咋！

我：你點解唔入嚟等呢？我唔會睇到出面有乜人喺度㗎～

佢：我係唔鍾意喺度等呀！有問題呀？

我：哦⋯冇問題⋯醫生話過咗 7 個要重新等過咋嘛～（指）你望下，我哋有寫明㗎～

佢：⋯⋯

So sorry，今日診所好忙，而家已經排到第 47 個⋯我突然好想唱歌⋯Sayonara O⋯⋯ 👍 5.7K

—— comments ——

Cathy Wong
啲人成日都以為大聲同惡就可以掩飾佢地嘅柒 XD

Danika Szeto
冇病，想要假紙，嫌診所內多病菌。嗯。

case	symptom	頭中尾
#86	remark	

有日有位女士神情恍惚左望右望診所四周～

我：小姐，係咪睇醫生呀？同你登記咗先吖？

佢：你呢度個醫生係男定女嚟㗎？

我：今日係男醫生。

佢：咁…有啲尷尬喎……

我：後日先有女醫生呀～你係咪想做婦科檢查？

佢：唔係…我想…問少少嘢啫……

我：咁你考慮下先呀～

佢再喺診所踱步咗一輪，之後行埋嚟登記處：你可唔可以幫我問少少嘢呀？

我一時口快：嗯？乜嘢呀？

佢：射…射精呢……

嗯？

嗯？

嗯？

我：……

佢繼續吞吞吐吐：頭中尾……

我：不如你入去問醫生啦？我同你登記吖？

佢：我問一個問題㗎咋！

我：醫學上嘅嘢我答你唔到㗎……

佢：都唔係乜醫學嘢，好生活化。

我：……

佢：嗰啲呢…頭中尾邊一段會質量好啲呀？

我：哇，你個問題一啲都唔生活化喎！

其實我都有問題，即係咁，射精呢一下動作其實都嚟得好急促並且冇回氣空間，即係一氣呵成啦，邊個男人仲有時間將一個咁一氣呵成、水到渠成嘅動作分成「頭中尾」三段呢？

佢：好難答咩？

我：或者咁，你搵到一個人可以射足 30 秒嘅，我哋先再分段討論？

佢似明非明咁嘅樣，慢慢離開診所……

嗯，我都覺得 30 秒係冇乜可能，10 秒嘅有冇呢？ 3.3K

comments

Max Jacob Kwan
以為同驗小便一樣，Cut 頭 Cut 尾要中間。

case	symptom	打針叔叔
#87	remark	

有日，一位姨姨同一位叔叔嚟到診所。

叔叔行埋嚟問：阿妹，係咪有流感針打啦？

我：係呀，麻煩身分證明文件登記呀～

叔叔拎出自己張身分證畀我，之後轉身同姨姨講：身分證呀快啲啦！

姨姨擔天望地都唔望下叔叔。

叔叔再同姨姨講：身分證呀，唔好阻住阿妹做嘢啦！

姨姨冷冷地：唔打呀，要打你自己打。

叔叔：快啲啦！

姨姨：唔呀！

叔叔行埋去左搣右搣公然搣嘢，搣出身分證一張，行埋嚟同我講：佢都打呀！

登記後，叔叔同姨姨講：唔使驚啦，打針有咩好驚呀，幾十歲人！

姨姨擰擰頭。

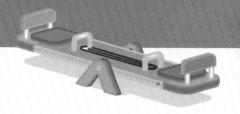

到入去醫生房時，醫生問兩位有冇唔舒服，姨姨搶先答：我呀！感冒呀！

叔叔驚訝被出賣：邊有呀你，頭先都好地地，醫生唔好信佢呀，佢怕打針咋嘛，幾十歲人有咩好怕呀，打針咋嘛！

醫生無奈表示：小姐既然話唔舒服，就等好返晒之後先再打啦。

叔叔眼神死望住出賣佢嘅姨姨……

醫生：咁今日就先生你打先啦。

叔叔捲起衫袖，醫生用消毒棉先消毒一下……

叔叔已經：啊哈啊哈啊～～～～～～醫生你唔好打咁大力喎～～啊啊啊啊～～～

說好的打針有咩好怕呢……

醫生：我未打，我消毒啫……

叔叔急促呻吟：啊啊啊～～～細～細細細細力啲啊啊啊啊～～～

到插入時，叔叔崩潰了：啊～～～～～～～～～～～～～～～～～

直到佢冇氣為止。

姨姨一直都雙手抱胸，冷眼斜視住叔叔。

姨姨，我明白你感受了，叔叔都令我以為打枝針會死人…… 4K

有日，一位姨姨拎住張職員證嚟同我講：我要睇醫生呀。

我：好呀，未睇過㗎嘛？麻煩畀身分證我，同事幫你登記呀～

佢拎出身分證：好呀。

咁睇完醫生，藥又出埋，我就同佢講：三百蚊呀～

佢碌大對眼望住我：頭先我咪畀咗你囉？

我：頭先？幾時呀？

佢：登記嗰時囉？

我：我哋係睇完先收錢㗎喎，唔會登記嗰時收錢㗎。

佢：咩呀～我咪畀咗張證你囉！

我：你可唔可以畀多次張證我睇睇呢？

佢搲手袋：哎，乜你做嘢咁甩漏㗎！

佢再拎張職員證出嚟……

我：小姐，唔好意思，我哋診所係收指定嘅醫療卡，唔收職員證㗎喎，你係咪有張醫療卡㗎？

佢：咩呀～公司話我有員工醫療福利㗎喎！

我：你會唔會係有張醫療卡呀？

佢：冇呀，公司冇畀我呀，佢話我有醫療福利㗎！

我：你冇醫療卡嘅話，我哋會收現金㗎～

佢感到大驚：吓？你而家先講？咁樣算唔算屈我畀錢呀？

…我覺得似係你想食霸王餐多啲囉～

我：我哋可以寫返收據畀你交返畀公司……

佢：公司話我有醫療福利㗎嘛，咁你係咪我公司醫生呀？

我：其實我未聽過或見過你公司名……

佢：你入面嗰個，坐喺度嗰個，唔係我公司醫生嚟㗎？

我：佢係私人執業嘅醫生，係屬於大家嘅～

佢：咁佢頭先笑晒口咁，我以為佢識我噃呀，我以為係公司醫生呀！

你會唔會有過多性幻想呀姨姨？

我：醫生對個個都笑嘅……

佢：唏，我又唔識佢，佢又唔識我，唔好對我笑呀，張收據你哋拎去我公司收錢啦，我冇錢畀㗎！

我：收據係畀你，你自己拎返公司拎錢，你而家喺度就要畀咗現金先嘅。

佢邊走邊講：哎，唔好呀唔好呀，我去搵公司醫生睇得喇，你取

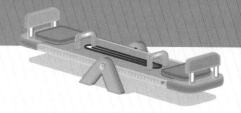

消啦取消啦！

…我希望你喺茫茫醫生大海中搵到屬於你嘅公司專屬醫生啦～
祝～福～你～ ♥ 4.6K

#89-95

診所低能奇觀4

FUNNY + CLINIC

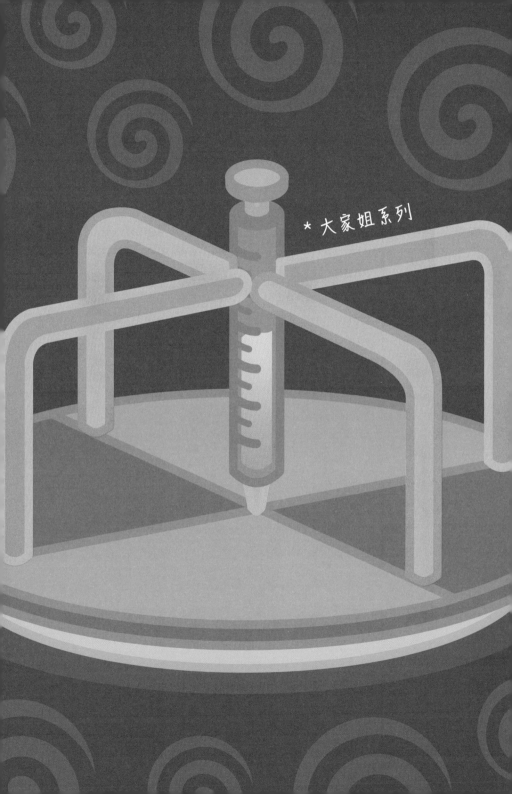

＊大家姐系列

#89 不容易小便的女人

case #89　symptom 不容易小便的女人
remark ★大家姐系列

有日，一位小姐嚟到診所。

佢：姑娘，我想驗孕。

我：好呀，麻煩身分證登記呀～

佢：係咪即刻知㗎？

我：係呀～

佢遞上身分證登記後，我：麻煩去洗手間留少少小便，少少就得㗎啦，唔使滿～

佢：OK！

十幾分鐘後，佢終於返嚟。接小便樽嘅係大家姐，因為今日我只係負責登記⋯⋯

交樽後 1 分鐘都冇，大家姐：呀小姐，麻煩你過一過嚟呀！

小姐行埋去：咩事呀？

大家姐問：你知唔知咩叫少少？你理唔理解個少字係點少法？

小姐：⋯⋯

大家姐指住個樽：咁樣係滿呀！你屙到咁滿我點開蓋呀？我一個唔覺意手震手抽筋咪倒到一地都係囉？你拎返去廁所倒咗一半，起碼一半先好再拎過嚟！

小姐：我諗住多啲可以驗真啲嘛⋯⋯

大家姐：驗孕要幾多尿呀？幾滴㗎咋！你以為要同枝驗孕棒沖身呀？

小姐：咁你唔講我又點知要幾多喎⋯⋯

大家姐：頭先個肥妹（我）冇同你講到留少少咋咩？

喂～好喇喎～做咩嗌人花名喎！

小姐：咁佢淨係講少少咋嘛，冇講幾多嘛⋯⋯

大家出少句聲啦，一個收下火，一個去洗手間倒咗啲小便咪得囉，嘈咩啫～

大家姐：有常識都知少少係點㗎啦！個樽有幾大呀？

小姐：咁你當我智障得唔得呀？

得⋯你都咁坦承。

大家姐深呼吸：⋯智障小姐，咁請你去廁所倒咗一半尿先再拎過嚟啦。

小姐離開診所，隔 10 分鐘後又再回來……

交樽後，大家姐又嗌了：喂！我叫你倒一半呀！唔係倒晒呀！

大家姐拎住個吉樽搖畀小姐睇。

小姐欲哭無淚：你頭先又叫我倒……

大家姐：我冇你咁好氣呀！

小姐呆企喺度望住個吉樽：咁點呀…我冇尿屙喇……

我拎出一個新小便樽，用筆畫條線喺樽身，交畀小姐：你留小便留到去線位得㗎喇。

小姐慘樣望住我：但係我已經冇晒尿喇……

我：你晏啲或者第日再嚟驗過啦～

小姐：但係我冇尿屙喇……

我：咁你等到有小便先再拎嚟啦～

小姐：我想驗孕…用口水得唔得呀……

你都係扯吧啦，我都唔想睬你啦……

我：唔得呀，要小便……

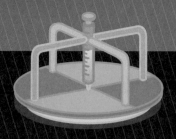

小姐：都係水啫⋯⋯

我 ：乖啦，返去留小便啦⋯⋯

小姐離開後，我就再冇見過佢拎小便回來～唔知係咪真係再冇得屙⋯我哋仲叫佢倒咗嗰篤千年小便，佢應該心痛至死了～ ♥ 5K

我冇尿喇⋯⋯

智障小姐！

有日，電話響起～

對方係一位女士：診所呀？呢度有冇兒科㗎？

我：呢度唔係兒科診所，不過都會睇小朋友嘅。

佢：咁即係有冇兒科呀？

我：我哋乜都睇嘅～唔係專科啦～

佢：究竟有定冇呀？

我：如果你要搵兒科專科，你打去搵第二間診所啦～

佢：咁你頭先又話睇小朋友？

天呀～求你畀返個腦佢啦！

我：我哋係會睇小朋友，不過唔係兒科專科啫～咩都睇嘅普通科～

佢：冇兒科牌都可以睇小朋友㗎咩？有咩事醫死咗有冇保險保障
㗎？

你睇到咁長遠嘅…你咁快咒自己小朋友要死啦…天呀，你都係畀
個正常嘅腦佢啦～

我：我哋醫生有牌㗎～只係內外全科啫～

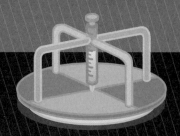

佢：咁即係冇兒科牌啦！你仲話可以睇小朋友？咁唔得㗎喎，我報畀記者知你死硬喎！

咁你打嚟其實係乜，就係想話我知我死硬呀？

我：小姐，不如你等等呀，我搵個熟悉診所嘅人嚟解答你～

Yes，She is 大家姐～

我同大家姐交代發生咩事後，大家姐拎起電話：喂？係咪你話要爆料畀記者知呀？

佢：係呀，你哋無牌經營喎！

大家姐：你去報啦咁！

佢：我真係報㗎喎，我唔會畀你哋危害社會㗎！

大家姐：報啦，我哋醫生就叫乜乜乜，係中文大學內外全科醫學士，淨係醫人嘅，其他畜牲就無能為力喇，嗰啲就真係要搵專科搵獸醫啦。

佢嬲嬲：咩意思呀你？

大家姐：講清楚畀你知，我呢度係一間只睇人、醫人嘅診所。

佢：你信唔信我去消委會投訴埋你吖啦！到時你工都冇得做呀！

大家姐：去啦去啦，我等你呀～

佢：我去埋平機會告你！

大家姐：去啦去啦！

大家姐 Cut 咗佢線，之後嘆氣擰擰頭望住我：我覺得自從你嚟咗之後，呢度多咗好多怪人，我可以向邊個部門投訴？

啊？係呀？不如你試下打去天文台呀？應該係天氣的錯～ 💜 3.9K

有日，個天灰灰暗暗想落雨咁～

診所冇咩人，我同大家姐加妹妹仔都喺度發吽哣，大家姐就發得嚴重啲，鼻鼾都扯埋～

有個姨姨邊推門邊大嗌：有冇人呀？幫手呀！

我伸個頭出去望咩事，個阿姨抝我：望咩呀？出嚟幫手呀！聾㗎？

我邊行出去邊問：咩事呀？

阿姨：後生細女阿支阿左，嗌你出嚟梗係有原因㗎啦！

我：咩事呀？

阿姨雙手一伸將幾袋膠袋嘢遞去我面前：拎住呀！

我：做咩呀……

阿姨：我冇手呀！拎住啦！

我望住嗰幾袋又魚又雞…係咪諗住請我食㗎？係嘅我唔客氣啦！即刻打畀阿媽嗌佢今日唔使買餸啦！

我：一係你放喺地下先啦，我叫同事幫你登記呀～

我講完之後，轉身準備行返入去。

阿姨喝住我：喂！你去邊呀？我唔係睇醫生喎！你呢度有冇雪櫃呀？

有冇雪櫃關你咩事呀？唔通…你想…諗都唔好諗呀你！

我：嗯？

阿姨：同我擺入雪櫃啦！

我：吓？我哋個雪櫃唔係咁用㗎喎～

阿姨：雪一陣啫！我轉頭返嚟啦！變壞咗你負責我醫藥費呀？

我：吓…邊有得咁計㗎……

阿姨：快啲啦慢吞吞，我約咗人呀，嘮嘮聲啦！

大家姐伸個頭出嚟：攞入嚟呀，過門都係客，放入雪櫃呀！

我：吓？

大家姐你夢遊呀？

阿姨：呢個就叻啦！唔該晒喎！我好快返㗎喇！

大家姐：唔急呀，你擺低 $2700 呀！任你用㗎喇，你到時可以抬埋個雪櫃走！

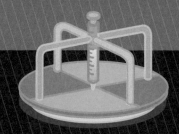

阿姨：咩呀？

大家姐：咩咩呀？個雪櫃俾你放完嘢，我哋就要報銷㗎喇。條數唔係你找，唔通我找呀？

阿姨望住啲雞呀魚呀：少少嘢咋喎？

大家姐：你呢啲全部生肉，我雪櫃入面嗰啲就係疫苗㗎，啲疫苗有咩事，係咪你負責呀？你係咪負責返所有人醫藥費呀？

阿姨：咁兇做咩喎，我都係順便入嚟問下啫，唔得咪講句囉⋯⋯

大家姐：我同你有親呀？你去問豬肉榮呀嘛！

阿姨邊走邊講：冇嘢啦冇嘢啦，你個人咁難相處嘅⋯⋯

咁你同豬肉榮應該好好相處吧？ ❤ 4.8K

223

case	symptom	地心吸力	
#92	remark		★大家姐系列

✎ 有日，風和日麗嘅天氣下，我同大家姐喺度討論人生廢廢的意義……

有位女士衝入診所問：姑娘，得唔得閒呀？

啊～我哋在廢廢的，唔多得閒呀～

我：請問咩事呢？

佢喺手袋中拎出一個保鮮盒，再將盒放上枱面，打開盒蓋……
拎出一個鬆泡泡嘅避孕套…套內仲盛有奶奶白白的…漿？

我大驚：小姐，你放返佢入盒先，有咩事講得㗎喇！
佢：佢好似穿咗呀，你可唔可以幫我睇下係咪穿咗呀？

點睇～用放大鏡？

我：如果避孕套穿咗，你會唔會考慮食事後避孕呢？我哋就冇得
幫你 Check 個套嘅……
佢：你幫我搵啲嘢吹下，睇下係咪真係穿咗呀？

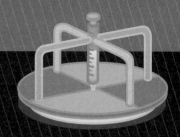

點嘢呀？揸橙汁咁呀？揸 15 樓牛牛奶咁？

我 ：不如都係登記見醫生食事後避孕啦～有懷疑嘅就最好打定個底先～

佢一手拎住個避孕套，一手揸呀唧呀～呀～唔好呀～不要再揸啦～佢個套頭爆啦～

佢 ：你望下，呢度係咪好似有嘢滲出嚟呀？
我 ：你收返埋先啦⋯⋯

佢一掌拍個套落枱面：我嗌你望呀！

變態啊～你是變態啊～

大家姐行埋嚟：望咩呀？有咩睇呀？
我指指枱面：佢⋯佢⋯佢個套呀⋯⋯
大家姐拎起個套：抽嘢邊個㗎？
女士：我嚟係叫你哋同我 Check 個套，唔係叫你哋開藥畀我食㗎！
大家姐：你拎起個套呀。
女士拎起：你望下！

225

大家姐：你拎住呀，唔好放手，唔好擺低，保持垂直！

女士：拎住咗啦！

大家姐：你等我一陣呀～

一等，就兩分幾鐘了。

女士：姑娘！

大家姐：等等！

女士又等咗幾分鐘：姑娘！

大家姐：嚟緊，點呀？

女士：你唔係幫我望咩？我拎住咗好耐啦喎！

大家姐：咁你望唔望到佢有嘢滴落嚟呀？

女士：冇呀。

大家姐：咁咪即係冇囉，有地心吸力㗎嘛，要滴就滴咗啦！

女士：咁……

大家姐：收返埋抽嘢啦，五十幾歲人拎住抽嘢，人哋以為你偷咗阿仔啲飛機套呀！畀班街坊知道你係變態好馨香咩？

女士：……

女士慢慢收返埋個套入保鮮盒就離開了。

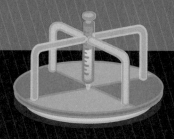

咦～女士，你真係偷咗阿仔個飛機套呀？ ❤ 2.8K

冇漏喎！

你偷咗阿仔個套？

case	symptom	
#93	減肥	
	remark	★ 大家姐系列

✎ 有日診所坐滿公公婆婆，我同大家姐喺度搏殺中。

有位衣著好亮麗嘅女士入到嚟環視四周……

我：小姐，係咪睇醫生？係就幫你登記呀～

佢：你門口寫住體重管理，係咪即係減肥呀？

我：係呀，要唔要同你登記咗先？而家都要等十幾個嘅。

佢：你哋有冇啲成功例子可以畀我睇下係咪真係有效？

我：啊？冇呀～我哋唔可以咁樣宣傳嘅。

佢：你可唔可以出一出嚟呀？

我好疑惑咁行咗出去：有咩幫到你呢小姐？

佢由上至下 Scan 咗我兩轉：你有冇幫襯自己公司呀？

……Why always me？

我：冇呀……

佢：近水樓台都唔試？係咪明知唔掂呀？

我：我覺得自己唔需要啫……

佢笑了：你都唔需要，我係咩呀咁？

減唔減肥係個人意願啫，我點解要跟你個標準做人？

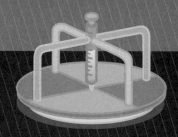

然後大家姐行咗出嚟 Scan 返位女士幾次。

女士望住大家姐：做咩呀？

大家姐：望下咩人入嚟話要減肥，睇下仲有冇得救。

佢：你講咩呀？

大家姐：你唔使減啦！減嚟做咩啫？

佢心花怒放摸摸自己條腰：你覺得我夠 Fit 嗱？

大家姐：你減完個樣都唔會變㗎啦…走啦你…你需要搵嘅唔係體重管理。

大家姐講完呢句又行返入去…我鬆鬆膊跟住大家姐返入去…

其他公公婆婆喺度笑…女士就走咗嚕～ ❤ 4.3K

case	symptom	舊　不　如　新
#94	remark	

＊大家姐系列

有日，一位嬸嬸嚟到睇醫生，診症為上呼吸道感染。

到出藥時，我：呢啲全部都係每日四次……

我都未講完，嬸嬸就插咀：哎～咪住咪住，我望下啲樣先！

我：啊？好呀～

佢審視咗嗰六包藥加一支咳水大約 10 分鐘，豬腳廢廢的我真係企到腳仔軟。

喺我發吽哣時，佢終於有反應了：哎，妹呀！呢啲藥係咪我以前食過㗎？

我望望排版：係呀，呢隻收鼻水同咳水你都有食過，另外嗰啲就新嘅～

佢：我要新㗎！

我：點解呢？上次食完冇好過咩？止唔到鼻水止唔到咳？

佢：得呀！

我：咁食得好哋哋，點解要轉？

佢：舊嘢冇好囉！

…………你都舊喇喎？我都舊咗三十幾年喇喎？豈不是要槍斃？

我 ：你自己食得好，止到鼻水咳就好㗎啦～

佢 ：唔理呀！我要新嘅呀！唔好畀啲舊嘅我！

我 ：但係我哋收鼻水藥唔係好多隻，另外兩隻你都有食過喎……

佢 ：吓？冇新嘅我走㗎啦！

我 ：吓？

佢 ：我唔會要舊嘢呀，之前幾間診所都係因為咁我先轉咋嘛！

我 ：吓……

大家姐行埋嚟成隻背後靈咁黐住我，同嬤嬤講：太太～～～～～

嬤嬤：咩事呀？

大家姐：你換咗幾多代呀？

嬤嬤：你問咩呀？

大家姐：你換咗幾多代老公呀～～～～～

嬤嬤：做咩咁問呀？

大家姐：係咪換一個死一個呀～你係咪黃秋生呀？

喂，好喇喎，日光日白講鬼故，嬤嬤唔驚㗎，不過我驚呀！走開啦背後靈～

嬤嬤：咩黃秋生呀？

231

我插嘴：佢應該講緊人肉叉燒包……

嫲嫲：黐鬼線，我都唔食叉燒包嘅！

大家姐突然變返正常聲：咁你換咗幾多個老公啫？

嫲嫲：關你咩事啫！

大家姐：舊嘢我得呀，未死嘅介紹畀我識呀，我可以接收好多個㗎！

嫲嫲一臉疑惑…啊，So sorry 呀～呢位真係餓狼嚟。

嫲嫲：講返啲藥呀，我想要新藥呀！

大家姐：我要舊菜。

嫲嫲望住大家姐：我話我想要新藥，你同醫生講轉藥得唔得？

大家姐：我，要，舊，菜。

嫲嫲執起啲藥，收返埋入膠袋，望住我問我：幾錢呀妹？

我：$200 呀～

大家姐：我要舊菜。

嫲嫲再冇望過大家姐，畀錢之後就離開診所。

大家姐你去街市問人有冇環保菜拎啦，乖啦，咁大個人唔好扭計啦～ ♥ 3.6K

#95

粟米羹

*大家姐系列

有日一朝早剛剛開門，我同大家姐仲喺度望緊外賣紙諗緊食咩早餐好～

有位小姐跑到氣都喘埋咁衝入診所：姑娘！姑娘呀！

我放低外賣紙：係～喺度～

佢：Urgent case！

我：咩事呢？

佢：醫生喺唔喺度呀？我同你講咩事你識醫咩？你係醫生咩？

啊～你又講得好有道理。所以我可以話之你死啦嘛？

我：醫生未有咁早返呀～過多半個鐘左右啦～

佢：我好 Urgent 呀！打電話畀佢啦！

我：冇用呀，打畀佢，佢都係搭緊巴士返嚟…所以冇得再提早啦～

佢：我好痛呀，我就嚟死啦！

我唔係醫生呀下～唔好講我知咩事呀～我醫唔到你呀～

佢：呀～快啲叫佢返嚟啦！

我：小姐，你咁辛苦，不如去急症啦～

佢：我唔去急症呀，急症好多人呀！

我：…咁你坐喺度等醫生啦～

佢：你叫佢跑返嚟呀，話有個好 Urgent 嘅病人等緊佢，你做下嘢啦好冇呀！

即係點呀？叫醫生喺架巴士上面跑呀？跑住咁搭巴士會有助巴士加速咁呀？唔得呀！超速會畀警察抄牌呀！

我：好啦，我去做下嘢啦～

小姐一直企喺出面唔肯坐低，一直：呀～呀～呀～好痛呀～好唔舒服呀～

持續咗一陣，佢：姑娘！姑娘！！

我：係係係～咩事～

佢：你由得我就咁企喺度呀？

我：我有叫你坐呀……

佢：我點坐呀！粒粟米哽住咗我呀！

…粟米？咩呀？你講咩呀？係咪生痔瘡呀？你幫粒痔瘡改咗名叫小粟米呀？

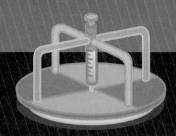

佢：你出嚟幫手啦！你份人工我有份畀㗎！

我：啊？你想我幫你啲咩呀？

佢：你打電話去問醫生可以點做啦，叫佢教你點做啦！

小姐，你係咪要開刀呀？開邊度？開腦嗎？呢啲我平時有睇 TVB 呀！我識開呀！姑娘！印汗！唔使打電話搵智囊團啦～

我：其實你咩事呢？

佢：我都話有粒粟米哽住我囉！

我：請問粒粟米喺邊呢？佢真係一粒粟米，而唔係代號？

佢：……………………………………………………梗係喺肛門啦！

你做咩強姦粒粟米？

我：咁你想我點幫你……

佢：撩佢出嚟啦！

我：吓？我？

佢：我撩到就唔使過嚟啦，我等唔到醫生返嚟呀！

粒粟米爆炸喇！粒粟米爆炸喇！快啲叫拆彈專家嚟！

大家姐手揸鐵匙羹行出去……

喂！隻匙羹用嚟數藥㗎！我用開㗎……

大家姐遞上匙羹畀小姐。

小姐：做咩呀？

大家姐：畀你撥返粒粟米出嚟。

小姐望住大家姐個認真樣：冇…其他方法？

大家姐：我哋興咁做。

小姐深呼吸：唔好意思，我去第二間問下，唔好意思……

大家姐：搞唔掂嘅返嚟搵我！

小姐再深呼吸：唔該晒唔該晒！

大家姐入返嚟，我：我可唔可以申請換過隻數藥匙羹呀？

大家姐：你想食粟米羹呀？

得啦，冇嘢啦，我收聲啦～ ❤ 5.1K

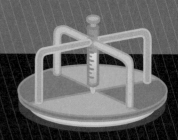

*洋蔥系列

#96-100

診所低能奇觀4
FUNNY + CLINIC

case	symptom	
#96	remark	救星小姐

*洋蔥系列

有日，我出完藥畀位小姐後，坐喺候診大堂嘅伯伯好好好細聲咁自言自語。

我同小姐一齊望向伯伯，發現伯伯條灰色褲由褲檔位至褲腳都有水漬印⋯⋯

小姐立即急急腳離開診所，坐喺伯伯身旁嘅姨姨就講：未見過人瀨尿咩！雞咁腳咁走！大驚小怪！

然後姨姨再講：我出去先喇，得嘅打畀我嗌我返嚟呀，成陣味！

我見到姨姨都走埋，就鎖咗診所門。

我拎咗盒紙巾畀伯伯，佢一直低頭講：唔好意思呀，唔好意思呀⋯⋯

我邊講邊幫手抹：冇事喎，好小事咋嘛～

伯伯：唔好意思呀，我自己嚟得啦，整污糟你呀，我自己嚟啦⋯⋯

我：兩個人兩對手，快手啲喎。

但係無論點抹點印，灰色褲上嘅水印都仍然好明顯，我望住一臉尷尬嘅伯伯，想像到如果佢就咁行出街，會受到幾多注目⋯⋯

我：伯伯，你⋯想唔想做醫生呀？

伯伯望住我：咩話？

我：我畀件醫生袍你著住走呀？型仔喎！

伯伯望望自己條褲：唔使啦⋯⋯

呢個時候，有人 Chok 診所隻門。

我開門後，見到係頭先走得好急嗰位小姐⋯⋯

佢企喺診所門口遞咗個膠袋畀我：你幫我畀伯伯呀～

我擘一擘開個膠袋，望一望入面，係一條褲。

我：啊！多謝你呀～你要唔要自己畀伯伯呀？

佢：唔使啦，多個人佢仲唔自在呀！

我：多謝你呀，你超級好人呀！

佢笑笑點頭就離開了。

我拎住條褲同伯伯講：你仲做唔做醫生呀？唔做就入廁所換褲啦～

伯伯望住條救星褲笑了。

換完之後，發覺褲腳⋯短咗啲啲啲。

我：哇，型喎潮喎，而家啲韓國明星都係咁著！

乾爽晒嘅伯伯手插褲袋擺 Pose 引完我笑,又再坐低等見醫生。

不過…伯伯,你條底底呢?哎,唔理啦!

救星小姐,我衷心多謝你。 👍 13K

---

comments

Sum Cheung
有時睇人真係唔好睇表面～好感動～

Susan Hui
真係難得有心人,默默付出不求回報,仲顧慮到伯伯嘅心情。

婆婆與醫生兒子

*洋蔥系列

有日，一個頭髮披散、衣著臃腫，拎住大包小包嘅婆婆嚟到診所。

佢嚟到並冇即刻埋嚟登記，淨係睇下掛喺牆上嘅醫生證書。

我：婆婆，有啲咩幫到你呀？

佢眼望我眼，冇出聲，繼續專注喺啲證書度。

我：有咩幫到你嘅可以隨時搵我。

講完我就繼續耷低頭玩電話，久唔久先抬頭望下佢。

之後有位女士入到嚟登記睇醫生，婆婆見到有人入嚟就離開咗診所。

之後幾日，婆婆每日朝早都嚟，都會先喺診所門口睇下有冇人，見到冇人就會入嚟睇下證書。每一日，我哋都只係點點頭打招呼算。

直到第二個星期，婆婆如常嚟到睇證書。

佢突然開口問我：姑娘仔呀，你唔會覺得我阻住你咩？

我覺得好開心，因為佢終於肯同我講嘢：唔會呀，你每次都係好靜咁自己睇完就走，冇阻到我呀。

243

佢：我已經試過畀幾間診所啲人鬧走㗎喇⋯⋯

我：冇嘢嘅～有你喺度行行企企，請媒錢都慳返呀！

佢嘴角郁一郁，似笑非笑咁就繼續擰轉頭睇證書。

每一個人喺別人眼中「怪異」嘅行為都會有一個故事一個原因，你認為怪異可能只係因為未了解過背後嘅故事。而我好想知道婆婆嘅故事。

到第三個星期，是月餅節了。

婆婆嚟到，我：早晨婆婆，我有月餅多呀，你食唔食呀？

佢行埋嚟：點解你自己唔食呀？

我：我有幾個啦，我預咗個畀你㗎，不過你唔好一次過食晒喎，好滯㗎，我受過長期訓練先可以咁食！

佢接過月餅笑了笑：我都好多年冇食月餅喇⋯⋯

我：點解呢？唔歡喜食月餅？

佢：中秋係一家人團圓嘅日子，我⋯頭家已經散咗⋯⋯

我冇出聲，繼續靜靜咁聽佢講。

佢：我有個仔原本都會係醫生，不過佢走先過我，我睇唔到佢做醫生…我仲有另一個仔，佢娶咗老婆之後就當個老婆係寶，當我呢個阿媽係草，日日喺屋企兩公婆就係咁鬧我…既然係咁，我四海為家算，真係臨老過唔到世呀～哎，姑娘仔，對唔住呀，我唔應該同你講呢啲嘢，真係肉酸死人啦，你又唔係我邊個……

我：我哋係朋友呀！朋友就應該係互相交換下心事呀美食情報呢類嘢～

佢笑了：多謝你個月餅呀，我會慢慢食。

我哋嘅友誼維持咗幾個月，嗰年冬天，佢離開咗去搵佢個醫生囝囝了。 ♥ 8.2K

請你食月餅～

多謝多謝！

case	symptom	
#98	小 男 人	
	remark	*洋蔥系列

✎　電話響起。

我：你好，セセ診所～

對方嘅聲音好幼嫩，不過都聽得出應該係一個男仔：喂？

我：係，呢度診所嚟～

佢：姐姐呀？

我：嗯？係～有咩事呢？

佢：我想問醫生可唔可以教我點樣做男人呀？我有見過醫生㗎！

我：小朋友你幾歲呀？

佢：九歲喇。

我：點解想醫生叔叔教你做男人呢？

佢：因為我冇爸爸…媽媽係女人，教唔到我做一個男人……

我：嗯～屋企有冇其他叔叔呀？

佢：得婆婆同媽媽。

我：咁你想做男人嘅意思係身體上呀？定係心態上呀？

佢沉默了，呢個問題對佢嚟講應該難咗啲……

我：或者咁講，你點解會想做男人呀？

佢：婆婆話屋企爭個男人……

我：哦？係呀？點解婆婆會咁講呀？

佢：媽媽喊……

我：所以你想做男人～

佢：係呀，醫生可唔可以教我點做男人呀？

我：唔使醫生教你啦，我都可以教你～媽媽喺唔喺屋企？

佢：唔喺，得婆婆喺度。

我：咁等媽媽返嚟，你攬住媽媽，同媽媽講「媽媽，辛苦你喇，第時大個我會照顧你」，咁就得㗎喇～

佢：咁就係男人？

我：到你大個嘅時候，你要記得你自己咁樣同媽媽講過喎，呢個係一個承諾，講得出做得到先係男人，知道嗎？

佢：嗯！知道！我係男人！

你仍然在照顧媽媽嗎？數一數，你都應該成年了…我都老喇～ 9K

case	symptom	
#99	選 擇	
	remark	*洋蔥系列

以前診所有一位常客，係一個後生女。因為佢身分證號碼好好記嘅關係，我同佢打開咗話題…佢係一個曾經患上癌症嘅少女，喺我識佢之前，佢已經完成咗療程。

佢好多時一嚟到就會：喂～我呀，今日我個新 Look 點呀？

佢經常換新髮型都會問我意見，如果我話醜樣唔襯佢嘅話，佢會嬲到即刻除咗個假髮：咁叻，你同我交換吖！

佢雖然成日笑，成日一嚟到就同我吵吵鬧鬧…表面就好似係一個好樂天嘅平常少女咁～

但係我知道佢喺治療過程中係好辛苦，因為我聽過佢媽媽講：我個女曾經喺電療期間想放棄，佢喊住問我點解佢要受呢啲苦…我有得揀，我都唔想望住佢受呢啲苦，我睇見佢食唔到嘢，個心仲痛過俾刀拮……

到有段時間，佢冇再每隔兩星期至一個月，吵吵鬧鬧咁嚟問我個新 Look 點、問我靚唔靚，我成日坐喺登記處望向門口，都見唔到佢經過……

冇咗你，我覺得診所好靜。我望住排版上留低嘅電話號碼……

諗咗好耐，都冇勇氣打過去問你嘅近況，我同自己講：可能係你再冇小病小痛唔使嚟呢。

再過咗段好長嘅時間，你媽媽一個人嚟到診所睇醫生。

你媽媽對住我好牽強咁笑了。

嗰刻，我喊咗出嚟，聲音哽咽問：佢係咪⋯⋯

你媽媽：嗯。擴散咗去第二度，佢選擇咗放棄⋯我⋯居然畀佢放棄⋯佢走咗之後，我有問過自己係咪我做錯咗⋯⋯

嗰時，我為我冇勇氣打電話畀你嘅事一直喺度喊，所以冇答到你媽媽嘅問題⋯⋯

媽媽，你冇做錯，可以選擇輕鬆面對生存落去的話，冇人會想死。只係呀女覺得攰，想好好休息⋯⋯ ♥ 6.3K

case	symptom	堅強的媽媽
#100	remark	*洋蔥系列

有日，一位小姐嚟到診所睇醫生。

醫生診症後：我開返啲藥畀你食呀，休息多啲呀，要唔要病假紙呀？

小姐先係沉默，再望望醫生：張假紙交畀我老公得唔得？

醫生冇出聲。

小姐再講：我有資格放假咩？病到發高燒都要湊咗個女返學先可以攝時間睇醫生……

醫生：都盡量多啲休息啦～有冇屋企人可以幫到手？

小姐：屋企乜都係我做，就係因為我拎嗰幾千蚊家用，我有時覺得自己仲慘過工人姐姐…佢都起碼有一日假放…我星期六日都仲要繼續做…做女仲好……

曾經係寶貝女嘅小姐，曾經受過照顧嘅小姐，愈諗愈覺委屈吧？佢忍唔住喊了……

我遞上紙巾：望見自己個女健康快樂成長，都係你當初想要嘅嘢呀？媽媽～辛苦你啦……

佢繼續喊，我哋等到佢情緒平穩後，佢：對唔住，我喺度講啲咁嘅嘢……

醫生：唔緊要，每個人都有情緒，識得發洩先好嘅。

佢：開啲快啲好嘅藥畀我呀，我要快啲好返～

喺人脆弱嘅時候，特別容易放大所有唔舒服嘅感覺。我哋可以做嘅，係釋放。為自己，為想佢好嘅人，都一定要搵到條出路畀自己，令自己感覺舒服啲，唔好困死自己逼死自己。每個人選擇行嘅路都唔同，選擇咗就一齊咬緊牙關互相體諒行落去吧～始終，養育子女係一個重大嘅責任。為咗囡囡，加油呀！為咗你哋嘅家庭，努力吧～希望你哋幸福～ 🐼 11K

— *comments* —

Doris Yau
其實辛苦都其次，最慘係個男人唔識分擔先搞到咁委屈～

小小鳥的尋翼之路
最慘係啲男人成日覺得女人湊仔係好輕鬆同應分。

Guy Tang
全職家庭主婦唔代表唔需要工人，呢個誤解到底幾時至有人明！

便便看健康

顏色

肝、膽或胰臟
功能異常

胰臟或
膽道障礙

腸道細菌
感染發炎

小腸下端或
大腸出血

胃或十二指腸
慢性出血

形狀

便秘	一顆顆硬球	腸狀、表面凹凸	
正常	腸狀、表面有裂痕	長條狀、表面光滑 	
腹瀉	斷裂塊狀	糊狀	水狀

＊資料只供參考，如有任何疑問就要睇醫生喇！

點子網上書店
www.ideapublication.com

點子出版
IDEA PUBLICATION

含忍‧死人‧的士佬

壹獄壹世界

援交妹自白

殘忍的偷戀

殘忍的雙戀

成為外星少女的導遊

成為作家其實唔難

港L完

信姐急救

西謊極落

公屋仔

十八歲留學日記

西營盤

毒舌的藝術

新聞女郎

黑色社會

香港人自作業

精神病人空白日記

婚姻介紹所

賺錢買維他奶

獨居的我，最近發現家裡還有別人

五個小孩的校長電影小說

點五步 電影小說

有得揀你揀唔揀

This is Lilian

This is Lilian too

This is Lilian, Free

空少儲乜易

爆炸頭的世界

設計 Secret

◎《天黑莫回頭》系列

當世四大天王：
黎郭劉張（上）

《診所低能奇觀》系列

圖書館借來的
魔法書

銀行小妹
甩轆日記

《詭異日常事件》系列

HiHi 喇好地地
一個人點知……

我的你的紅的

《倫敦金》系列

向西聞記

無眠書

《Deep Web File》系列

殺戮天國

遺憾修正萬事屋

《絕》系列

診所低能奇觀 4
FUNNY + CLINIC

作者 珍寶豬

出版總監 Jim Yu
助理編輯 Mia Chan
校對 Venus Law

美術設計 Katiechikay
設計助理 Winny Kwok
插畫 安祖娜 D.
製作 點子出版

出版 點子出版
地址 荃灣海盛路11號One MidTown 13樓20室
查詢 info@idea-publication.com

發行 泛華發行代理有限公司
地址 將軍澳工業邨駿昌街7號2樓
查詢 gccd@singtaonewscorp.com

出版日期 2017年11月30日 第二版
國際書碼 978-988-77957-1-1
定價 $88

—— Made in Hong Kong ——

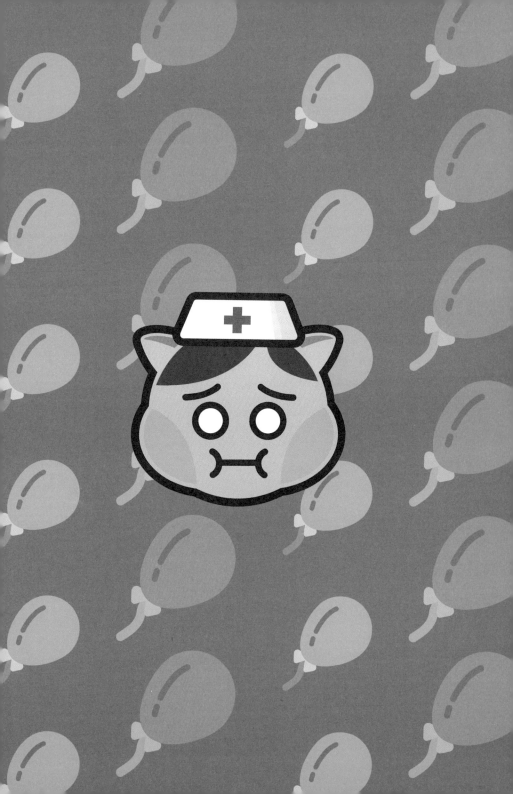

診所低能奇觀 4